Beloved :
어리지도 늙지도 않은
이상한 나이

Beloved

1판 1쇄 찍음 | 2013년 9월 20일
1판 1쇄 펴냄 | 2013년 9월 25일
지은이 | 김수린
펴낸이 | 김한준
펴낸곳 | 엘컴퍼니
책임편집 | 나혜영
사　진 | 김수린
디자인 | 디자인스튜디오203
주　소 | 서울시 강남구 논현동 31-10
전　화 | 02-549-2376
팩　스 | 02-541-2377
출판등록 | 2007년 3월 18일(제2007-000071호)

ISBN 978-89-968372-8-2 03810
* 잘못 만들어진 책은 바꾸어 드립니다.

「이 도서의 국립중앙도서관 출판시도서목록(CIP)은 서지정보유통지원시스템 홈페이지
(http://seoji.nl.go.kr)와 국가자료공동목록시스템(http://www.nl.go.kr/kolisnet)에서
이용하실 수 있습니다.(CIP제어번호: CIP2013018087)」

Beloved :

어리지도 늙지도 않은
이상한 나이

L company

추 천 의   글

김수린은 청춘을 찍는다.

보통 다른 작가들의 사진들을 말할 때는 미리 재단해놓은 어떤 의미를 프레임 안에 담는다고 표현할 텐데 김수린한테는 어떤 순간을 찍는다란 표현이 더 어울린다. 별 차이도 없는 것 같은데 그녀가 생각한 순간이 아니라면 갑자기 무의미해지고 흥미를 잃는 것처럼 보인다. 보도사진도 기록사진도 아닌데 김수린의 피사체는 절대 놓칠 수 없는 그녀만의 절대적 순간이 있는 것 같다.

그럼에도 그녀의 사진은 무언가 힘주어 말하지 않는다. 어딘가를 응시하고, 침대 위에서 뒹굴고, 나뭇가지에 매달려보지만, 그저 권태롭고 시시하기만 하다. 마치 "이런 게 청춘인가요?"하고 되물어보는 것 같다. 싱그럽지만 그 누구도 헤아릴 길 없는 청춘의 우울과 낙담과 불안이 불길하게 서성거린다.

그녀의 사진은 나에게는 마른 꽃잎처럼 느껴져, 움켜쥐면 금방이라도 바스락거리며 부서져버릴 것만 같다. 움켜진 손을 털어내면 그녀의 사진은 꽃가루가 되어 내 발 밑으로 떨어진다. 그 꽃가루가 아름답고 예쁘기는 하지만, 어딘지 슬픈 기운이 스며있다.

"알아요, 이 순간이 다시 돌아오지 않는다는 것을. 점점 더 시시해지겠지만 할 수 없죠. 더 시시해지지 않도록 무언가 해야죠!"라고 혼잣말을 하는 것처럼 보인다. 그녀의 사진은 예쁠수록 더 슬퍼진다.

– 김지운 감독

PROLOGUE

평생이 지난 것 같은데, 고작 2년이라는 시간이 흘렀을 뿐이다.

삶이란, '얼마나 오랫동안'이라는 말보다는 '그동안 얼마나'라는 말이 훨씬 가슴에 와 닿는다, 지금의 내게는.
무언가를 만들어내는 일은 언제나 만들어내는 입장보다는 감상하는 입장이 훨씬 더 쉽다. 그래도 내내 수많은 것들과 마주하며 만들어냈던 내 피와 살 같은 작품들이 마지막엔 그 누구의 것도 아닌 '내 것'으로 남아주었다는 고마움에 아마도 나는 이것을 멈추지 않으려 하나보다.

어느새 과거가 되어버린 지난날들. 치열하게 살아왔음에도 지난 시간에 더 많이 읽고, 배우고, 보고, 느끼고, 경험하지 못한 것에 대한 미련이 남는 건 어쩔 수가 없다. 아직도 내게는 가고 싶은 길, 하고 싶은 것, 바라는 것과 사랑해야 할 것들 역시 너무나 많다.
지친 일상에 창문 밖 컴컴한 새벽과 마주하며 써 내려간 쓸쓸했던 나의 한 부분 역시 마지막엔 결국 언제나 말도 안 되는 희망을 고집하려는 내 욕심이라 해도, 나는 기꺼이 그렇게 하고 싶다.

나는, 조금의 망설임도 없이 내 젊음의 슬픔 모두를 '희망'이란 짧은 단어 하나에 모두 내어주고만 싶다.

CONTENTS

#.01

모든 것들은

또

변하겠지요

사진을 찍기 위해 카메라를 가방에 챙겨 넣고, 필름도 가득
담아 창가에 두고, 라즈베리맛 보드카를 챙겨 집을 나선다.

집을 나서는 그 순간부터 나는 머릿속과 뼛속까지 온 정신을
집중하고선, 보이지 않는 것을 그려보기 시작한다. 그 곤두선 신경과
내 머릿속의 날카로움은 모든 것들을 평소보다 더욱 아무렇지 않게
대하려고 노력하지만, 평소와는 너무 다르다. 나는 내 눈앞에 있는
모든 것들을 하나부터 열까지 머릿속의 보이지 않는 선과 연결시켜
그것을 어떻게 담아낼 것인지를 끊임없이 그려낸다. 물 한 모금을
마시는 그 짧은 순간까지도. 내 눈앞에 펼쳐지는 것들을 나는 어느
것도 놓칠 수가 없다.

참 우습지만 1년 전까지만 해도 나는 그 순간들의 영원함을
믿었다. 그 순간이 다시 돌아온다는 것이 아니라, 그 순간이 영원히
계속된다는 것이 아니라, 언제든 내가 원하면 그 순간을 다시
만들어낼 수 있다고 믿고 자신했었다. 언제였는지는 정확히 기억나진
않지만, 촬영을 마치고 뉴욕으로 돌아오는 차 안에서 혼자 창밖을
보며 절절하게 느꼈던 적이 있었던 것 같다. 딱히 어떠한 계기를 만난
것도 아닌데.

아, 세상으로부터 나를 지켜내기도 참 어려운데, '나를 잃어버리지

않는다'는 것의 그 의미가 대체 어디서부터 언제까지 어떻게 잃지
않아야 옳은 것인지도 사실은 잘 모르겠다. 아무렇지 않은 듯 웃으며
흐름에 몸을 맡겼을 뿐, 나는 단 한 번도 그 흐름에 응한 적이 없다.

그것이 결국 내 사진의 모든 것이란 생각이 들었다.

늙지도

어리지도 않은

이상한 나이

검색사이트 인명사전에 내 직업은 '사진작가'로 등록되어 있다. 스물한 살 때 그것을 처음 발견하고 얼마나 기뻤는지 모른다.

'아, 나는 이제 진짜 사진작가구나. 너무 기뻐. 진짜 나는 이제 반타작은 일궈냈어, 내 나이 겨우 스물한 살에. 내 인생은 이제 탄탄대로일 거야. 지금껏 내가 꿈꿨던 것들이 모두 이루어졌으니, 앞으로도 그럴 거야.'

단 하루도 빠짐없이 그렇게 믿어오며 열심히 살아왔다. 돌이켜보면 그랬던 것 같다. 내 나이 열아홉, 그때부터 지금까지 생각해보면 사진이란 것에 관해서는 내게 꿈만 같은 일들이 언제나 끝도 없이 현실이 되어 펼쳐졌다. 하지만 솔직하게 말하자면 그것이 단 한 번도 내 능력 밖의 것들이라고 의심해본 적은 없었다. 그것들은 내 실력이고, 내가 남들보다 열심히 살아왔기 때문이며, 내 타고난 재능이라고 굳게 자만했다. 물론 그게 자만이라고 생각하지도 못했다.

요즘 나는 생각한다. 시간의 흐름과 연륜에서 묻어 나오는 그 무언가는 내가 아무리 발버둥을 치고 애를 써도 쉽게 얻을 수 없다는 것을. 삶과 예술이 동떨어져 있지 않은 이상, 내가 살아오며 겪어온 것들 그 이상을 뛰어넘을 수는 없다는 것을. 내가 아무리

나는 내 인생의 4분의 3을 16살에서 25살 사이의 사람들과 일하면서 보냈다.

—브루스 웨버

노력한다고 한들 70년 인생을 살아온 작가가 느끼는 인생의 깊이와
표현해낼 수 있는 그 넓이를 내가 어떻게 따라갈 수 있을까. 나는
27년이라는 시간만큼만, 그 이상도 이하도 아닌 딱 그만큼만
이야기할 수 있다는 것을 인정해본다.

나보다 훨씬 성공했고, 나이가 많은 사람들을 만나게 되면, 내 이름
앞에 붙는 '사진작가'라는 수식어가 낯부끄러워진다. 나는 사진이
미치도록 좋지만, 아직은 가족들과 친구들 앞에서 내 사진 얘기를
하는 것이 불편하다. 또 사진을 찍는 일을 너무나 사랑하지만,
예쁜 옷을 입고 좋아하는 사람과 데이트를 하는 일이 가끔은 더
재미있는데, 그들은 그렇지가 않다. 나이가 든다고 해서 더 이상
새로울 것이 없거나 무엇을 보고, 누군가를 만나고, 무엇인가를 해도
큰 기대가 없어지는 건 아닌가 보다.

내가 보고, 듣고, 느끼고, 만나는 모든 것들이 여전히 완성되지 않은
내 삶에 더해지고 있다. 내가 이해하지 못하는 어른들의 세계를
똑같이, 아니 절반 이상은 억지로라도 받아들여야 하는 것이 때때로
나를 지치게 만들곤 했다. 내가 생각하는 나는 여전히 열여섯 살의
어린아이 같은데 말이다. 내가 너무 빨리 언제나 반짝이는 꿈만
같았던 사진작가라는 이름을 얻은 걸까.

하지만 나는, 그냥 지금 내가 할 수 있는 최선을 다하고 싶다. 내가

할 수 있는 역량을 뛰어넘고 싶지도, 그 이상의 이야기를 억지로
만들어내고 싶지도 않다.
아무리 내 마음을 다 주어도 진심을 몰라주는 상대를 만났을
때처럼, 아무리 물을 주고 햇볕을 쬐어주어도 꽃이 피지 않는 화분을
바라보는 것처럼, 그 채워지지 않는 갈증을 나는 끝까지 간직하며
앞으로 나아가고 싶다.
여전히 완성되지 않은 나의 존재를 인정하고, 수많은 소망들을 다짐할
때마다 내게 보이지 않는 무한한 힘을 주는 것은 바로 내가 느끼는
이 채워질 수 없는, 다치기 쉬운 유리 조각 같은 나의 감정들이라고
생각한다.

내 눈 앞에 펼쳐진 수많은 가능성과 만남들, 기회와 선택들이 버거울
때도 있다. 아무것도 정해진 것이 없어서라기보다는 모든 가능성을
열어둔 채 아무것도 선택하지 않고 있는 이 젊음이 버거운 것일지도
모른다.

지금이 그리워질 날이 올까?
불완전하고, 모든 것들이 별 일이기만 한 순간순간들이.

#.03

젊음의 무게

내 인생에 책임져야 하는 것들이 늘어나는 게 싫었다.

무거운 것도 싫고, 복잡한 것도 싫어서 쉽게 또 가벼운
상태만 유지하려고 노력해왔는데, 지금 보니 하나도 가볍지가 않다.
대체 왜일까.
때때로 이유 없이 마음이 아프고, 또 아무 이유 없이 가슴이 벅찰
정도로 행복하기도 하다. 자전거 뒷자리에 앉아서 아무 생각 없이
찬바람을 맞으며 달려가는 길이 즐거웠고, 그 순간이 끝나지 않았으면
좋겠다고 생각했었다.

어른이 되어간다는 건, 아무래도 이런 건가 보다.
사소한 것에 즐거움을 만끽할 수 있는 여유가 이때보다는 줄어들고,
쉽고 가볍게 생각하고 싶지만, 이미 내 앞에 득달같이 달려와 안겨
있어서 어떤 문제든 끌어안고 갈 수밖에 없는 그런 것.

#.04

다시

붙잡고 싶기

때문이다

참 좋아진 세상이다. 매일 이메일을 열 때마다 우체통 앞에서 편지를 기다리는 마음으로 로그인을 한다. 좋은 소식이 나를 기다리고 있었으면 좋겠다. 나를 먼저 찾아주는 누군가가 있다는 것이 얼마나 기쁜 일인지 모른다.

어디에선가 나를 찾으면 일이 성사될 때까지는 시간이 걸린다. 미팅까지 다 하고도 돌연 일이 취소되기도 하고, 무기한 미뤄지기도 한다. 분명 다 된 밥이었는데, 결과는 내 기대와 다를 때도 많다. 그래서일까. 어릴 때 보았던 "꿈은 소문을 낼수록 더 좋다." 라는 글귀가 자주 생각이 난다.
시간이 흐름에 따라 많은 일들을 겪어내면서 잘 해낸 일도 있고 아닌 일도 있고, 때론 기다리고, 가끔은 기다림에 지쳐 주저앉아도 보았다. 그러다 보니 내가 느낀 것은 말이든, 글이든, 타인에게 전하는 모든 것들이 갈수록 조심스러워진다는 사실이다.

첫 책『청춘을 찍는 뉴요커』를 집필하고 있을 때, 난《보그걸》 인터뷰에서 "스물한 살에 책을 쓸 것이다."라고 당당히 떠들었다. 그러고 나서 그 순간이 다가왔을 때 30군데나 넘는 출판사에 원고를 보냈지만, 세 달이 넘도록 아무 곳에서도 연락을 받지 못했다. 그럼에도 그때는 허풍쟁이로 남을 수도 있다는 두려움 따윈 없었다. 아니, 그런 생각조차 못했다. 하지만 지금은 달라졌다. 내가 하는 모든

말과 글들이 조심스러워졌다.

샤워를 하다가, 문득 2011년의 여름보다 훨씬 더 습하고 더웠던
2006년 어느 여름날이 떠올랐다. 영화배우를 꿈꿨던 고등학생 모델
혁수와, 사진작가가 꿈이었던 나는 매일같이 만나서 사진을 찍었다.
난 항상 그 커다란 카메라를 365일 가지고 다녔다. 남자친구를 만나
데이트란 걸 할 때도 나는 카메라를 두고 간 적이 없었다. 문득
그때가 너무 그리워졌다. 그리고 궁금해졌다. 그때는 왜 카메라가
하나도 무겁지 않았을까……

"아, 이번 일만 잘 되면, 나 정말 너무 행복해서 아무것도 욕심 안내고
행복하게 살 수 있을 것 같아."
나는 이 말을 자주 한다. 때마다 그 말은 진심이다. 매번 그렇게 죽을
것처럼 절박하고, 너무나 목이 마르다.

이제는 카메라가 예전처럼 가볍지만은 않다. 하지만 그래도 그나마
다행이다. 내가 아직도 이래서, 그게 정말이지 천만 다행이다.
다시 붙잡고 싶다. 사진을 찍는 것 그 자체만으로도 세상을 다 가진
것처럼 행복하기만 했던 순수했던 내 꿈을. 나는 매 순간 그 마음을
붙잡는다.

#.05

왜냐고

내게

묻는다면

내게 왜 사진을 찍느냐고 묻는다면 나는 대답할 것이다.
전부는 그렇게 살지 못해 사진을 찍는다고.

작가는 사진에 자신의 삶의 무게를 표현한다. 예술과 생활은 불가분의 관계다.
—로버트 프랭크

#.06

이사

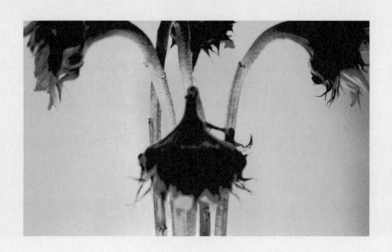

사진가는 자기가 찾는 모든 것에 자기를 빠뜨려야 한다. 그럼으로써
모든 것과 일체가 되어 그것을 좀 더 깊이 느끼게 된다.
─마이너 화이트

오늘은 뉴욕에 살면서 6번째 집으로 이사를 했다.

아침 댓바람부터 일어나 혼자서 익숙하게 짐을 싸고,
정리하고 바닥을 쓸고 닦았다. 살면서 참 여러 번을 겪어도
익숙해지지 않는 것이 있다면, 그건 내가 어디든 일주일 이상을
머물다 익숙해진 곳으로 다시 돌아갈 때의 그 쓸쓸한 마음과, 매번
이렇게 내가 자진해서 또 낯선 곳으로 이사를 하는 일, 딱 이 두
가지다.

이사를 도와주는 아저씨 한 분이 오셨다. 흰머리가 희끗희끗 보이기
시작한 우리 엄마 나이쯤 되신 것 같았는데, 얼굴의 그늘은 훨씬 나이
들어 보이게 했다.
나는 아저씨에게 돈을 주고 이사를 부탁하는 입장임에도 가만히
앉아있을 수가 없었다. 그래서 오후 5시부터 밤 11시까지 이삿짐을
함께 날랐다. 옆에서 작은 짐들을 옮기다가 한숨 돌릴 겸 길에 서서
아저씨의 뒷모습을 가만히 지켜보았다.
결코 얇지 않은 다리는 왠지 살집이라기보다는 고생을 많이 한 탓에
부은 것처럼 보였고, 신발은 많이 닳아 밑창이 얇아져 곧 찢어질
것처럼 아슬아슬했다. 다리에는 상처투성이에 등과 얼굴은 땀으로
흥건하게 젖어있었다.
그 모습에 문득, 눈물이 나올 것 같았다.

아저씨가 어렸을 때는, 내 나이엔 무얼 하고 사셨을까? 어른들이 맨날 귀에 못이 박히듯 공부 안하고 젊었을 때 하고 싶은 걸 다 하고, 놀고 싶은 걸 다 놀면서 그렇게 젊은 시간을 보냈다고 대답해 주실까? 내가 몸집이 조금만 더 크고 힘이 조금만 더 세다면, "아저씨 제가 다 할게요. 한 30분 앉아서 푹 쉬세요."라고 말하고 싶었다. 그리고 남은 모든 짐들을 슈퍼맨, 아니 원더우먼처럼 옮겨 드리고 싶었다. 만약 아저씨가 지금처럼 하루 종일 땀이 비 오듯 흐르는 이 일을 하지 않으면 먹고 살기 힘든 그런 삶을 남은 평생 살아야 한다면, 이건 너무 가혹한 일이 아닐까 하는 생각을 지울 수가 없었다.

사실 오늘은 나 역시도 매번 이렇게 이리저리 부랑자마냥 떠돌이 생활하는 내가 정말 진절머리 나도록 싫다고 하면서 왜 또 이렇게 떠돌아다니는지 모르겠다는 생각에 심란했다. 내 인생, 아니 심하게 말해 내 팔자도 참 그렇다 싶어서 아저씨가 오기 전까지 한참을 혼자 멍하게 빈집 바닥에 누워 천장을 보고 있었다.
노력을 해도 사람은 잘 변하지 않나 보다. 절대로 변하지 않는 어떠한 부분을 우리는 누구나 몸에 문신을 새긴 듯 지우지 못한 채 살아가고 있는 걸지도 모른다.

밤 11시가 조금 넘어서야 그 많은 짐을 모두 옮기고, 나는 한참을 맘속으로 혼자 망설이다가 아저씨에게 말을 건넸다.

"아저씨 제가 이사할 사람들 소개해드리면 아저씨한테 도움이 될까요?"
"그럼요, 도움 되죠."
"아, 정말요? 저 이사할 친구 많아요! 제가 이사할 친구들 진짜 많이 소개해드릴게요!"

힘들고 피곤한 하루였다. 이곳 저곳으로 이사를 다니면서도 남한테 도와달라는 말 한 번 먼저 절대로 꺼내지 못하던 나, 세상에서 가장 딱딱하고 인간미 없는 그리고 도움은 안 받는 게 제일이라고 생각하는 나라는 사람은 참 변하지도 않는다고 생각했었다. 그런데 이삿짐을 날라 주시던 아저씨의 뒷모습이, 다리의 빨간 상처들이 내 마음을 건드렸다.
다친 데 발랐던 빨간 약만 보아도 눈물이 났던 어린 시절의 그 뭉클한 마음이 드는 걸 보니 아직도 나는 어린가 보다. 좀 더 고생해 보고, 세상을 더 많이 아프게 겪어봐도 될 만큼 말랑말랑한가 보다.

#.07

할머니

할머니. 할머니가 하늘나라로 가신 지 한 달 하고도 조금 지났다. 여전히 나는 감정을 주체하지 못해 순간순간 울컥하는 마음이 올라온다. 그래도 시간은 누구에게나 그렇듯 예전의 좋았던 기억이 슬픔을 덮어주고, 힘을 잃을 때마다 어깨를 다독여주는 좋은 약인가 보다. 이제는 할머니의 빈자리를 슬픔이 아닌 그리움으로 바라볼 수 있는 마음이 조금은 생기게 되었다.

정확히 몇 살 때인지는 기억이 나지 않지만, 아마도 유치원에 다니던 때였던 것 같다. 유치원 친구들은 할머니와 각별한 사이인 아이들이 참 많았다. 하루는 같은 반 친구가 유난히 슬픈 얼굴을 하고 있었던 기억이 또렷이 난다. 나는 궁금해서 친구에게 물었다.
"왜 그렇게 슬픈 얼굴을 하고 있어?"
"우리 할머니가 아파. 그래서 슬퍼."
그때 나는 생각했었다.
'나는 할머니랑 저렇게 친해지지 말아야지. 별로 안 친하니까 앞으로도 친해지지 말아야지. 그러면 나중에 할머니가 아파도 슬프지 않을 거야.'라고. 어릴 때 했던 나의 그 작은 생각은 스무 살 성인이 되어서도 아주 끈질기게 지속되었다. 그래서 가족들이 모일 때 여러 가지 핑계를 대며 피한 적도 많았다. 얼굴을 마주하고 살을 부딪힐수록 가족들에게 정이 듬뿍 들 것만 같다는 철부지 생각

때문이었다. 어렸던 나, 상처나 아픔을 알기도 전이었을 텐데, 왜 그렇게 일찍부터 이별을 두려워했던 것일까.

지난 3월. 할머니가 암 선고를 받으셨다는 전화를 받았다. 할머니께 그 사실을 말씀 드리진 않았지만, 수술을 하기 힘들다고 했다. 내가 할 수 있는 것이 무엇이 있을까……. 아무리 생각해봐도 아무것도 생각나지 않았다. 누군가의 죽음 앞에서 나는 여전히 유치원생이었던 그때와 다를 게 없었다. 엄마는 내게 매일같이 전화를 걸어 할머니께 용기를 북돋아 드리라고, 희망을 이야기해 드리고, 매일 밤 함께 기도하자고 당부하셨다.

"응, 알겠어. 할게. 한다고."

나는 엄마의 전화에 늘 쌀쌀맞게 전화를 끊었다. 그리고 한참 동안을 멍하니 벽을 쳐다보면서 혼잣말을 내뱉었다. 내가 전화한다고 병이 낫는 것도 아니고, 오히려 힘드셔서 전화 받기도 싫고 귀찮아하시면 어떡하나 별의 별 생각이 꼬리의 꼬리를 물고 늘어져 결국 전화는 몇 통 하지도 못했다.

나는 너무 두려웠다. 할머니 목소리를 매일 듣다 보면 할머니에게도 정이 쌓여, 언젠가 마주하게 될 슬픔을 스스로는 감당할 수 없을 것 같았기 때문이다. 너무나 이기적인 핑계일까. 그렇게 늘 전화번호를 반만 누르고선, 한참을 망설이기만 했다.

나보다 한 살 많은 사촌 언니는 뉴욕에서 이름만 들으면 누구나 다 아는 유명한 회계 법인에서 회계사로 일하고 있었는데, 할머니 곁을 지키기 위해 회사를 그만두고 한국으로 들어온다고 했다.

사촌 언니는 바쁜 생활 속에서도 늘 할머니께 전화를 걸어 몇 시간씩 통화를 했다고 한다. 한국으로 돌아가겠다는 결정을 내리고 한 달 만에 회사를 그만두고 미련 없이 한국으로, 아니 할머니 곁으로 언니는 돌아왔다. 뉴욕에서 자리 잡기까지 얼마나 고생을 많이 했는지 누구보다 잘 아는 나는, 할머니에 대한 언니의 사랑이 얼마나 큰지 단숨에 알 수 있었다. 그리고 몇 달 뒤, 나도 뉴욕에서 한국으로 들어와 두 달간 할머니 곁에 함께했다. 할머니께서 일반 병실에서 텔레비전도 보시고, 가족들과 흐뭇하게 웃으시며 대화를 나누시던 모습, 빼빼 마른 몸으로 말할 기운도 없이 중환자실로 옮겨지는 모습, 마지막 가쁜 호흡을 내쉴 때까지, 한 순간도 빠짐없이 같이 했다.

사람의 인생이란 무엇이라 정의를 내리기가 너무 어렵다는 생각이 든다. 생각해보면, 우리는 언제 어떻게 죽을지 모르는 시한부 인생을 살아간다. 유지안 씨가 쓴 책에서 유독 기억 남았던 말, "목표를 향해 전속력으로 달리는 것보다, 옆에 있는 이의 손을 한 번 더 잡아보는 것이 훨씬 값진 일"이라는 구절이 가슴 깊이 와 닿는다.

바보 같은 나는 할머니를 보내고 나서야 그 사실을 뼛속까지 아프게 온몸으로 깨달았다.

#.08

'있었던'

것들에

관하여

나는 좋아하는 것과 싫어하는 것을 생각날 때마다 틈틈이 다이어리 맨 뒷장에 하나씩 적어두기 시작했는데, 쓰고 나서 보니 기분이 좋다.

나는 내가 단점보다는 장점을 더 많이 생각하고 있다는 것을 미처 알지 못했다. 그리고 나는 청소가 되지 않은 방, 징그러운 동물, 질투, 같은 것들을 빼고는 싫어하는 것이 그다지 많지 않은 사람이고, 싫어하는 것들보다는 좋아하는 것들이 훨씬 많은 사람이라는 것을 알게 되었다. 정작 내가 몰랐던 나에 대해 알게 되었다고 생각하니, 보다 더 밝아진 기분이다.

내가 좋아하는 것들의 리스트는 생각보다 꽤나 길었다.

집 청소를 깨끗하게 마쳤을 때
자기 전에 침대에 기대 책을 읽다가 한 챕터를 다 읽고 잠드는 것
잠들기 전에 창문 밖으로 하늘을 지긋이 쳐다보는 것
건강한 음식을 직접 만들어 먹는 것
지금까지 내가 해온 것들을 추억하고 뿌듯해 하는 것
예쁜 신발을 새로 사는 것
엄마와 이런저런 수다를 떠는 것
새로운 시작, 새 가방, 새 신발

오래된 카메라
오래된 몇 안 되는 친구들
나의 가족들
영화, 음악, 잘생긴 남자

사실 나열해보니 별로 특별할 것 없는 그저 사소한 것들이었다.
나는 잠을 잘 때 잠버릇 하나 없이 아주 얌전하게 잔다.
늘 다람쥐처럼 몸을 조그맣게 웅크리고 자던 내게 아빠는 "수린아,
편하게 자렴. 왜 피가 안 통하게 그렇게 자니?"라고 말씀하셨다.
그러면 나는 아빠에게 보란 듯이 웅크렸던 몸을 펴 천장을 보고 누운
채 이불을 목까지 덮고, 두 손을 얌전하게 모으고, 일자로 누웠다.
물론 아빠가 시야에서 사라지면 어느새 다시 웅크리게 되었지만……
아마 혼자 자는 것이, 혼자 남겨진다는 것이 날 웅크리게 만들었던
것 같다. 그런 탓인지 아직도 나는 7살 때 엄마 아빠가 침대 머리맡에
놓아주신 곰 인형이 그립다. 그리고 그 시간에 머물고 싶은 건지,
성인이 된 지금도 새 침대를 살 때 어른 침대가 아닌 어린이용 침대를
먼저 둘러본다.

추석을 맞아 한국에서 사촌 연주가 뉴욕에 잠깐 놀러 왔다. 우리는
아담한 작은 침대에서 꼭 붙어서 잠을 잤다. 그다지 어울리지는
않지만 세상에 무서운 거 하나 없을 것 같은 나인데, 아직도 밤에

불을 끄고 혼자 자는 일이 싫을 때가 많다.

월요일은 하루 종일 일을 해야 하는 날이었지만, 한국에서 사촌이
왔다는 핑계로 종일을 연주랑 이곳 저곳을 돌아다니며 여유롭게
시간을 보냈다. 다음날 아침 7시에 일어나야 하는 사실을 알고
있음에도 나는 괜히 들떠서 자정이 가까운 시간에 "우리 집 앞에
나가서 참치 회 먹고 올까?" 하고 제안하기도 했다.

연주가 배도 고프지 않고, 술도 한 모금 못 마신다는 것을 잘 알고
있으면서, 나는 작은 참치 회 하나를 시켜놓고 "이런 건 술안주로
딱 인데!"라고 말하고 캬 소리를 냈다. 특별할 것 없는 내 미지근한
일상에 찾아온 그날 밤의 설렘을 기억하고 싶었나 보다.

연주가 떠날 시간이 다가오자 나는 그 시간을 피할 수만 있다면
피하고 싶었다. 괜히 침대에 누워 뒹굴다가 억지로 눈을 감고
잠들어보려고 애도 써 봐도, 그러다 짐을 싸고 있는 사촌에게 "너
가면 나 울 거야."라고 말도 안 되는 투정을 부려 봐도 내 마음대로
붙잡을 수 없다는 것을 난 잘 알고 있었다. 그 순간만큼은 '내 인생 참
별거 없고, 지루하고, 외롭고, 식상해.'라는 생각이 떠나질 않았다.
25년이라는 세월을 함께 한 연주는 항상 나에게 얘기해왔다. "넌
양손에 떡을 쥐고, 아무것도 내려놓지 않으려고 하는 사람이야.
그래서 진짜 어떤 것이 자기 것인지도 끝내 알지 못하는 사람
같아."라고. 내가 잘 모르는 나의 이면까지도 잘 알고 있는 연주가

간다. 트렁크를 끌고 내려가는 사촌을 뒤쫓아 계단을 내려가면서
문득 생각이 들었다.

내가 싫어하는 것들 리스트에 쓰고 크게 싶은 것은 바로
'없어진다'라는 말이다. '있었던 것이 사라진다'라는 단어보다
'없어진다'는 말이 두 눈을 질끈 감고 고개를 이리저리 흔들 만큼
너무나 싫었다. 내 곁에 익숙하게 있던 누군가가 내 삶에서,
내 일상에서 순간에 없어지는 것……
얼마나 끔찍한 일인가. 우습지만 고작 이틀을 함께 보냈다고, 나는
그 이틀 전의 내 시간들이 왠지 내 삶이 아닌 것처럼 낯설고 쓸쓸하게
다가왔다. 남겨지는 입장이 이렇게도 싫어서 언제나 누군가 보다 먼저,
그리고 자주 떠나버린 거였는지도 모르겠다.

내 삶에 또 하나의 빈틈이 생긴 밤……. 나는 이 빈틈과 싸워 다시
하루하루를 이겨내야 한다.

나는 구름을 통해 내 삶의 철학을 기록하고 있었다.
—알프레드 스티글리츠

#.09

돈하고 꿈,

다시

꿈과 사랑

사촌동생 뚱이는 푹신한 내 침대가 좋은지 새빨간 입술 모양이 잔뜩 그려진 내 침대 위에 아주 편안한 자세로 누워 『돌아온 경기침체의 경제학*The Return of Depression Economics*』이라는 책을 심각한 얼굴로 읽고 있었다.

나는 커다란 연두색 공 위에 위태롭게 앉아 거울을 보다가 뚱이가 보고 있는 책에 대해 물었더니, 프린스턴 대학을 졸업한 저자가 바라보는 경제와 한 나라의 관계에 대한 이야기라고 친절하게 설명해준다.

"아, 그런 거구나. 그럼 너는 인생에서 꼭 있어야 할 게 뭐라고 생각해?"

어쩌다 보니 우리 둘은 삶에서 필요한 두 가지를 서로에게 묻고 있었다.

"음…… 돈하고 사랑."

"난, 꿈하고 돈."

"그럼 사랑은?"

"지금은 사랑하는 사람이 없으니까."

"나도 사랑하는 사람은 없어."

"사랑하는 사람이 생기면 사랑이겠지. 지금은 아니야."

"내가 따져봤는데, 우리가 지금 이런 집에서 생활하고, 먹고, 가끔 옷도 사고, 책도 사고, 우리 1년에 5천만 원만 벌면 지금처럼 생활할 수 있다?"

경제학을 전공하고 있는 뚱이는 언제 그런 걸 계산해봤는지, 내심
나는 동생이 지금 뉴욕생활을 나름 행복하게 생각하고 있구나 싶어
마음이 놓였다.

"5천만 원으로 그럭저럭 생활하면서 그냥 이렇게 평생 살 수 있으면 난
그렇게 할 거야. 누나는?"

"음…… 난 못 할 거 같아. 우리가 지금 이 순간이 행복하다고 생각할
수 있는 건 우리가 더 커서 멋진 사람이 될 거란 믿음이 있고, 더 나은
사람이 될 수 있다고 생각하고 있기 때문일걸? 솔직히 더 나아질 거란
기대 없이 평생 똑같이 이렇게 살아가야 한다면 분명 불행하다고
느낄 거야."

그 순간, 나는 생각했다.
속이 훤하게 보이는 투명한 유리병처럼 살고 싶다고. 초록 잎을 담으면
초록빛이 보이고, 빨간 꽃을 꽂으면 줄기와 꽃이 모두 보이는, 그냥
그런 나다운 삶.

내 대답이 '돈과 꿈' 대신 '꿈과 사랑'이었으면 좋겠다. 그러려면 사랑도
해야 하고, 꿈도 지켜야 하니 할 일이 너무 많을 것 같다.
아직 가슴이 뜨거운 젊은 내 마음은 꿈과 사랑을 좇아 마구
질주해보고 싶은 간절함이 크다.

시간이 흘러도 이 마음이 식지 않는다면, 내가 꿈꾸던 유리병과 같은 삶을 살 수 있을까?

#.10

사라지고

퇴색될 세상,

모든 것들을

남기다

영하 10도를 웃도는 날씨가 마음까지도 차갑게
만들어버리는 것 같다. 나는 이렇게 또 하루를 살아가고
있다.

세상에서 가장 유명한 사람들이 모여 살고, 세계를 움직이는
스탁마켓이 자리 잡은 곳, 세계에서 가장 똑똑한 사람들이 대학
졸업 후에 가장 일하고 싶어 하는 곳, 그리고 무엇보다도 모두가
아티스트라고 불릴 만큼 전 세계의 모든 워너비 아티스트들이
모여드는 곳이 바로 뉴욕이다. 발 밑으로 쥐가 뛰어다녀 작은 의자에
온몸을 의지한 채 잔뜩 웅크리고 『청춘을 찍는 뉴요커』를 써 내려
가던 스물한 살의 내 삶과 지금은 참 많은 것들이 달라졌다.
나의 가장 친한 벗들은 대부분 사회인이 되었다. 보기만 해도
흐뭇하게 잘생겼던 잭도 어느새 매일 아침 정해진 시각에 출근해야
하는 직장인이 되었고, 같은 과 친구 프랑코는 결국 중간에 사진
공부를 그만두고 다른 길을 걷기 시작했다. 포르노 동영상을
찰흙으로 빚어 사진으로 찍는 프로젝트를 4년 내내 할 거라고 당당히
외쳤던 애드도 2년쯤 지났을 때 그만두고 독학한 웹 디자인으로
근근이 렌트비를 내며 살아가고 있다. 학교에서 뭐든 가장 열심히
하기로 유명했던 해나는 여전히 무언가에 푹 빠져 있는 듯하고, 나와
종종 삶의 슬픔에 대해 이야기하던 릴리는 어느덧 자신의 고향인
시골로 돌아갔다.

새터를 누르기 전, 어떠한 사진이 나올 것인지 이미 나의 생각 속에 있어야 한다.

—안셀 스 애덤스이다

모든 것들, 그 자리에 늘 있을 거라 생각했던 것들이 모두 흩어져
버렸다. 당연히 각자가 최고의 아티스트가 될 거라고 생각했던 멋진
친구들이 어찌됐건 각기 다른 모양으로 울타리에서 벗어나 사회로
던져져 이리 치이고 쫓기는 평범한 삶을 살게 되었다.
언제나 원하면, 다시 돌아가면 사진을 찍을 수 있을 거라 생각했던
사소한 장면 하나라도 그 자리에 있어주지 않았다.

문득 며칠 전에는 이런 생각이 들었다. 내가 그렇게 한곳에 살지
못하고 몇 개월마다 이사를 다녔던 이유에 대해서. 어쩌면 나는 항상
어딘가로 다시 떠날 것이라고 생각했기 때문에 그곳에서 될 수 있는
한 많은 사진을 남기고 미련 없이 낯선 곳으로 떠나려 했던 것은
아니었을까?
나만 이렇게 늘 과거를 회상하며 살아가는 것일까?
다른 사람들도 나처럼, 나만큼, 이만큼씩 항상 뒤돌아보고 지나간
것들 하나하나에 의미를 부여하며 살아가고 있을지 궁금했다.
물론 다른 이들 역시 그렇겠지만, 내가 '사진'이라는 것과 함께하는
동안은 그 사실에서 벗어날 수 없을 것이다.

나는 언제나 무엇을 남긴다. 마치 그것을 원하면 언제든 다시 꺼내볼
수 있도록 '사라지고 퇴색될 세상 모든 것들'을 남겨놓으려고 한다.
꺼내면 다시 그때의 나로 되돌릴 수 있을 것만 같아서.

#.II

새로운 달빛

불타오르던 것들은
눈이 되고 물이 되어 축축하게 변해버렸지만,
사람이 붐비던 거리에 나 홀로 서 있다 해도
그대가 없는 이 순간에 이 거리를 걸으며
나는 다시 새로운 달빛을 맞이하겠지.
시간이 더 많이 흐른 뒤에
그대는 나를 기억이나 할 수 있을까.
오랜 시간이 지나도 잊지 못할 것처럼
당신의 색깔은 꼭 새빨간 불빛 같았다.
새롭기만 했던 설렘이
어느덧 추억이란 이름으로 자취를 감춰버리고,
나는 이 거리에서 새로운 달빛을 만나
그대를 노래한다.

#.12

돌고래는

바다가 슬프다

친구와 자주 이런 이야기들을 나누곤 했다. 모든 것에서
첫 번째 느끼는 강렬함을 바라며 살아가는 것은 참으로
어리석은 거라고. 두 번째, 세 번째가 첫 번째보다 못한 것이
아니라, 처음으로 겪은 것이 기준이 되어 그것 같지 않으면 무조건
못한 것, 못난 것이 되어버리는 거라고. 처음과 같은 그 설렘과 강렬함,
그리고 희망만으로 가득했던 겁 없던 소망들까지 나는 분명 그것들이
다시 올 수 없음을 잘 알면서도 늘 그 주위를 맴돌며 살아가고 있다.

다섯 살 때 아빠 손을 잡고 처음 보았던 영화, 고래와 어린 주인공이
친구였던 〈프리윌리〉를 보면서 언젠가는 나도 영화 주인공처럼
고래와 친구가 되어 한 집에서 살아가겠다는 꿈을 꾸었다.
하지만 그때의 나는 지금 이곳에 없다.

#.13

너를 좋아하는

내 모습이

나는 좋다

– 영화 《봄날은 간다》 중에서, 그리고 내 인생에서 나는 자신을 사랑할 준비를 한다.

문득 이런 생각이 들었다. 처음부터 사랑에 빠진 남자. 그 남자는 내 열렬하고도 뜨거운 마음을 알고 있으면서도 내게 이렇다 할 정확한 대답은 던져주지 않았다. 그럴수록 나는 목이 말라 더욱 더 그 남자에게 잘 보이고 싶어지고, 그 남자가 아니면 안될 것만 같았다.

매일 들뜬 내 마음이 시들지 않았으면 하는 마음에 언제나 한결같이 물을 주고, 햇빛에 내놓아도 보았다. 그러다가 이렇다 할 대답 없이 늘 기다리게만 하는 그 기다림이 슬슬 지겨워진다. 에이, 더 이상 재미가 없다.

물을 주고, 햇빛도 쬐었으면 싹이 나야 할 텐데 작은 떡잎조차 보이질 않는다. 그래서 나는 혼자 화를 내다가 다른 곳을 찾아 떠나겠다고 짐을 챙겨 나섰다. 하지만 마음은 언제나 그곳에 그대로 남아있었다. 그렇게 한참을 이곳 저곳을 기웃거리며 방황하다가, 혼자 지쳐 쓸쓸히 제자리로 돌아오고 말았다. 아무리 다른 남자를 봐도 너만큼 내 마음을 움켜질 만한 그런 사람이 없더라. '나를 좋아할 때까지 좀 더 좋아해보자'라기보단, '너를 좋아하는 내 모습이 좋아'와 더 가깝다. 그래, 네가 나를 좋아하지 않아도 나는 너를 좋아하는 내 모습이 아주 마음에 들어. 그렇게 결코 기분 나쁘지 않은 체념이 더해졌을 때쯤, 그 남자는 내게 웃으며 이야기한다.

아직은 때가 아니지만, 마지막까지 자신을 믿고 기다려준다면, 너를 열렬하게 사랑하겠다고. 영원히. 아주 오래도록.

그래서 나는, 변덕스런 나를 싫증나지 않게 하는 어딘가에 존재할 거라고 믿고 있는 내 환상 속의 그대와도 같은 사진이란 존재가 참 좋다. 아주 많이.

#.14

가슴 속에 남아

반짝이는 별이 되는

그런 순간

내 방 테이블엔 새로 사놓고 금덩이마냥 박스까지 그대로
고이 모셔둔 신발 한 켤레가 놓여 있다. 거울 앞에서
머리카락을 만지작거리다가 내 신발이 눈에 띄었는지,
"예쁘다, 비싼 거네. 얼마 주고 샀어?"라고 묻는다.

그 질문에 나는 왠지 얼굴을 이불 속에 파묻고 싶었다. 목구멍까지
열기가 불쑥 올라오는 것만 같았다. 평소의 나는 그런 사람이 결코
아니다. 남들이 보기에는 하찮은 천 원짜리 싸구려 옷일지라도, 사고
싶은 물건은 밥을 굶어서라도 사야 하는 그런 사람이다.
"아……. 그거 세일할 때 산 거야."라고, 나는 할 수 있는 한 최대한
뭉뚱그려 대답을 하고 어색하게 다른 곳을 보았다.
"뭐 어때. 세일해서 샀으면 더 좋은 거지!"
그리고 친구는 자신의 발을 아무렇지 않은 듯 공중으로 들면서 내게
웃으며 말했다.
"근데 지금 내가 신은 신발 좀 봐. 스페인 여행 갔다가 길에서 산 건데
다 찢어졌어. 거지신발 같지?"라고.
아무것도 보이지 않는 암흑 같은 밤하늘 속에서 겨우 찾은 희미한 별
하나처럼, 그 순간이 나는 너무 반갑고 행복했다. 이유도 없이
그 순간이 왠지 오래오래 마음속에 남아 시간이 훌쩍 흐른 뒤에도
내 가슴에 머무를 것만 같았다.

#.15

Hopeless Romantic

한동안 뉴욕이 싫었다. 이유도 없이 지긋지긋했다.

이곳에서의 시간은 늘 반복되기만 해서 한번 싫증나 되돌릴 수 없는 사람에 대한 그런 감정처럼, 되돌리기 힘들 것 같았다.

뉴욕에 처음 왔을 때 내 나이는, 술을 마시는 것이 불법이었던 스무 살이었다. 그리고 어느덧 나는 모든 것들이 합법적이고, 책임져야 할 것들이 더 많아진 어른이 되었다. 생각해보니 이곳에서 싫든 좋든 나는 많이 성장했고, 변해버린 것 같다. 처음 뉴욕에 왔을 때와는 지향하는 삶의 방식이나 꿈의 형태, 머릿속으로 때때로 그려보던 미래도 정말 많이 달라졌다.

'늘 추억할 추억이 모자란 것 같은 내 삶'
나는 자주 그렇게 생각했다. 딱히 추억을 만들기 위해 산 적도 없었지만, 내가 지나간 일과 사람과 시간에 많은 의미를 부여하는 사람이라는 것을 요즘 뼛속까지 얼얼하게 느끼곤 한다.
나는 사랑을 부인해왔다. 그래서 이곳에서 지내는 동안 그 누구와의 기억도 절절했던 사랑이 아니었다고 여기고 싶었다. 물론 누구에게나 다 그럴 테지만, 내게도 '사랑'이란 단어는 너무나도 특별한 명예의 전당과도 같아서 아무나 들어올 수도, 함부로 발을 들여놓을 수도 없다고 믿어왔다. 무겁기도 하고, 그것 때문에 쓰라리기도 하고, 이별이 끔찍하게 아프기도 할 그런 뜨거운 사랑을 꿈꿨다. 하지만 그

무엇도 단정 짓고 싶지는 않았다. 늘, 항상, 365일을 나는 무언가가 '더 있을 것'이라고 기대했다. 한 번도 만족한 적이 없어서 그런 마음으로 뉴욕에서의 많은 시간을 보냈나 보다.

아침 일찍 기다렸던 영화를 보고 왔다. 평소에는 싫어했던 비가 그리 싫지 않았다. 싫었던 것들이 아무 이유 없이 좋아질 수도, 평생을 좋아해서 잊히지 않을 거라 생각했던 것들이 너무나 쉽게, 그렇게 아무렇지 않아지기도 한다. 20년쯤 시간이 흘러 내 20대를 떠올렸을 때 누구를, 어떤 기억을 가장 먼저 떠올리게 될까?
한 번도 깜깜한 적 없던 뉴욕의 밤처럼 지금의 나의 젊음이, 다시 돌아오지 않을 이 시간이, 내가 만나왔던 사람들이, 또 아픔과 상처까지 모두가 단 한 번도 깜깜한 적이 없었다고 생각할 수 있을 것 같다. 그래서 새삼스레 고맙다. 내 삶에 스쳐왔던 수많은 사람과 사랑 모두가.

#.16

646, 이곳엔

너무 아름다운 꽃들이

많아서

영화 속에서 쉽게 볼 수 있는 곳들을 일상처럼 걸어 다니고,
싫어하는 비가 쏟아져 내리는 거리를 외롭게 혼자 걷는다
해도 때로는 그것이 영화처럼 느껴질 때가 있다. 차갑지
않은 봄바람이 살랑살랑 부는 요즘 같은 날씨에 누군가와 달무리가
내려앉은 밤길을 걷다 보면 그것도 마치 영화 같다.
밤새도록 촛불을 켜고 유튜브를 켜놓은 채 답도 없는 사랑얘기
인생얘기 같은 걸 찾아보다가, 해가 뜨면 아침 일찍 사람이 없는 파크
에비뉴 사이를 걷는 것도 좋다.
뉴욕에서는 항상 모든 것들이 자세히 들여다볼수록 하나하나가
멋진 영화 같은 이야기가 펼쳐진다. 스크린에서나 볼 수 있을 것
같은 멋지고 잘생긴 사람들이 하루에도 셀 수도 없이 내 곁을 스쳐
지나간다. 하지만 뭐랄까, 마음이 공허하다. 분명 채워지지 않는
무언가가 있다. 결코 버리고 싶지 않은 아름다움과 날 흥분시키는
긴장감에 둘러싸여 있지만, 평생 이렇게 산다면 메마른 꽃이 되어버릴
것 같다. 이곳에서의 나는 결코 한 곳에 정착할 수 없다.
내가 그런 사람이라서 라기보다는, 이곳이 나를 그렇게 만든다.
하나에 만족해야지 하고 뒤를 보면 더 예쁜 꽃이 나를 유혹한다.
하나만 사랑해야지 하고 옆을 보면 포기할 수 없는 더 화려한 꽃들이
나를 부른다.
내게 뉴욕은 그런 곳이다. 아름다운 꽃들이 너무 많아서, 결코 한
송이만 꽃병에 꽂아두고 물을 주고 햇볕을 쬐어줄 수 없는 그런 곳.

#.17

피는 꽃들을

바라보는 사이

어느새

꽃이 지기 전에 더 많은 사진을 찍어둬야지 마음먹었는데
어느새 그 많았던 꽃들이 지고
푸른 잎들이 새로 돋아나고 있었다.
그리곤 생각했다.
내가 항상 곁에 있을 거라 굳게 믿었던 것들이
너무도 당연해서 소홀히 여기는 바람에
어느 순간 훌쩍 떠나버린다면,
그때 나는 어떻게 해야 할까.
그리곤 다시 한 번 다짐했다.
내 인생의 그 무엇도,
그 누구도 당연하게 여기지 않을 거라고.

#.18

'Good' Bye

예전처럼 글을 자주 쓰지 않는 것은, 내가 많이 변해 버린 탓이다. 얼마 전까지만 해도 장소와 시간을 불문하고 내 마음이 이야기하는 것들을 많이도 적어 내려갔었다. 하지만 지금은 조금 변했다. 어디서부터 어떻게 정리해야 할지 막막한 생각이 나를 사로잡는다. 사실 내가 생각하는 것들을 꺼내는 일이 언제부턴가 어려워졌다.

나는 매 연말이 되면 흘러온 1년을 곱씹어 본다. 내게는 늘 그랬다. 열아홉 살 때는 그 시간이 태어난 순간부터 열여덟 살 때보다 훨씬 더 많은 일이 내 삶에 일어난 것 같았고, 그렇게 매년, 매 번, 스무 살, 스물한 살, 스물세 살, 또 작년까지도 늘 그랬다. 지나온 1년이 마치 영화처럼 꿈꾸는 것 같았고, 때로는 내 삶이 내 것 같지 않다는 기분이 들기도 했다. 지난 1년간, 나는 삶에서 한 번의 이별을 선택했고, 사랑하는 친구를 한 명 잃었고, 사랑하는 사촌오빠도 한 명 잃었다. 그렇게나 꿈꾸었던 내 이름으로 개인전을 열고, 기억도 나지 않을 만큼 많은 새로운 사람들이 바람처럼 스쳐 지나갔다. 고작 1년이라는 시간 동안 나는 수없이 많은 만남과 이별을 반복해야만 했다.

한 사람의 인생을 80년이라고 어림잡는다면 사실 1년이란 시간이 뭐가 그리 긴 시간일까. 1년이란 시간은 고작 짧은 네 번의 계절을

견뎌내는 시간일 뿐이다. 하지만 변화가 난무하는 지난 몇 년의
시간을 보낸 지금, 그 1년의 시간이 너무도 길게, 또 낯설게 느껴질
뿐이다.
내가 찍는 사진이나 글이 꼭 나라는 사람 그 자체인 것 같아서 이제는
그것을 누군가에게 쉽게 꺼내 보이기가 쉽지가 않다. 그리고 점점 더
어려워진다.
시간이 흐를수록 그립고, 보고 싶은 것들이 늘어난다.
좋아하지 않아도, 더 이상 사랑하지 않게 되어도 생각날 수 있나 보다.

24시간 365일, 보고 싶고 그리운 것들이 늘 내 곁에 함께 할 수
있다고 해도, 어쩌면 나란 사람은 이내 싫증을 느끼고 훌쩍 날아
가버릴지도 모른다. 그래도 나는 항상 그리운 것들을 꿈꾼다.
마음먹으면 "어디야?"라고 묻는 전화 한 통에 잠깐이라도 얼굴 볼
수 있는 거리에 친구와 가족이 있다는 것만으로도 힘이 되는 그런
것들이 있다. 매일 만나거나 보지 않아도, 늘 그 자리에 머물러줄
거라는 믿음만으로 내 빈틈을 채워주는 것들이 존재한다. 하지만
익숙했던 그런 소중한 사람과 사랑을 몇 번쯤 떠나 보내고 보니,
언젠가는 다 떠나는 거라고, 삶은 그런 것이 아니겠느냐고 체념을
하게 된다.

중학교 때 친구 한 명과 양희은의 〈백구〉라는 노래를 듣고서 무슨

노래가 이렇게 슬프냐며 같이 울었던 기억이 난다. 장난꾸러기 어린이였던 내가 아빠가 사준 하얀 강아지를 수건에 싸서 작은 내 자전거 바구니에 넣고 혼자 동네를 돌고 돌았던 추억도.

세상 모든 것들을 얻어도, 내 모든 것을 바친다 해도 그 시간들을 다시 만날 수는 없겠지만, 우습고도 신기한 사실은 그 명백한 사실과 모든 기억들이 결국은 내게 펼쳐진 앞으로의 삶을 다시 그려나갈 힘을 준다는 것이다. 다시 한 번 마음을 다잡고, 또 다시 살아보고 싶게끔 만들어준다.

#.19

모두의 속마음은

다를지도 모른다

나는 생각한다. 책꽂이에 꽂힌 책 한 권이 창문 밖으로
보이는 커다란 건물과, 아련한 불빛이 비치는 옥상을
비롯해 모든 것을 손에 꽉 쥐고 통째로 온몸을 흔들 수
있었으면 좋겠다고.

그래, 그랬으면 좋겠다. 그리고 마지막으로 나는 또 생각한다.
감정의 저울질이 필요 없는 사람과 바라는 것 없이, 욕심 없이
살았으면 좋겠다. 욕심 많은 나도 사실은 이런데, 나 아닌 다른 사람
역시 그럴지도 모를 일이다. 모두의 속마음은 같지만은 않을 것이다.
아직 겉으로 표현은 안 했지만, 모두가 이 모든 것들에서 벗어나
언제나 진실하고, 소박하고, 건전하게 살고 싶다는 갈망 때문에
견디고 있는 것일지 모른다.

딱딱하게 얼어버린 바닥에 발을 내딛는 순간, 나는 알았다. 그 생각이
다시 나에게 용기를 주었다는 것을.

#.20

Someday

You will be loved

꽃이 만발했다. 날씨는 어느덧 여름의 문턱에 와있는
것 같다. 모든 걸 복잡하게 생각하지 않으려 해도, 엉켜
있는 끈을 풀려고 노력할수록 자꾸만 더 엉켜버리기만
하는 기분이다. 자꾸만 사람과 사람 사이를, 사랑을, 인생을 정의
내리려고만 한다. 이유를 찾으려고 자꾸만 헤맨다. 그저 아무런
이유도 조건도 상관없이 순수하게 누군가를 좋아했던 어릴 때의

그 감정이 다시 나를 찾아올까를 기대하고, 희망한다.

대학교 1학년 때 내가 지내던 기숙사 앞을 서성였던 그 아이를
매몰차게 밀어냈던 이유는 무엇이었을까. 달빛 하나에도 가슴 떨릴
만큼 좋아했으면서도 군대 간 남자 친구에게 기다려주겠단
그 한마디를 해주지 못하고 왜 도망치듯 사라질 수밖에 없었는지…….
누군가 내게 지금 당장이 아니어도 좋으니 마지막에 내가 줄 수 있는
사랑만큼 사랑을 되돌려 받을 것이라는 확신만 있다면, 5년이든
10년이든 왠지 상관없을 것 같다는 생각을 해보기도 하고, 작년
이맘때쯤 벚꽃 길을 함께 걸었던 남자아이는 지금 어떻게 지내고
있을까 궁금해지기도 한다.

나란 사람은 여전하다. 하루를 실컷 즐겁게 보내고 나서도 집에
돌아오는 길에는 그 비어있는 틈을 쉽사리 그냥 보내주질 못하고
터덜터덜 방황한다.
지금의 나는, 이제야 가끔 이런 생각을 할 수 있게 되었다. 어쩌면
지금껏 너무 내 생각만 하고 살아와서 순간의 감정을 물 쏟듯 모두
쏟아버리곤, 미래의 내 마음까지는 욕심내지 말라고 뻔뻔하게 굴었던
지난날 때문에 벌을 서는 걸까? 그래서 나한테는 이렇게나 남들에겐
한 번, 두 번, 세 번, 네 번, 꽤나 여러 번 잘도 해내는 것 같은데, 나
자신에게는 힘든가 보다.

사실은 겁이 나 이리저리 둘러대고, 피하기만 했다는 걸 나도 안다.
엄마가 14살 때 작은 내 두 손에 쥐어주셨던 카메라에서 여전히
벗어나지 못하는 나는, 하나에 익숙해지면 그것만 평생 내 것인 줄
알고 새로운 것이 내 손에 들어와도 마음을 주지 못하고 한참을
방황한다. 그러다 결국엔 내가 가장 익숙하게 붙잡고 있던 그것의
곁으로 되돌아갈 것이라는 사실도 너무 잘 알고 있다.

전 남자 친구에게 선물 받았던, 나에게 그다지 어울리지 않았던 것
같았던 귀걸이는 어디엔가 흘려 사라져 버렸고, 스피커에선 학원
앞에서 혼자 기다리는 법을 가르쳐줬던 그 아이가 좋아했던 노래가
흘러나온다.

#.21

행운이 있길

바래요

전시장에 들러 일을 보고 나서면서, 꽤나 뜨겁게 내리쬐는 햇빛을 피하려고 선글라스를 꺼내 썼다.

"김수린 씨 맞으시죠? 전시 감명 깊게 잘 감상했어요. 직접 뵙고 싶어서 앞에서 기다렸어요. 책도 너무 재미있게 읽었습니다."

나이가 나보다 훨씬 많아 보이는 어떤 남자분이 내게 말을 걸어왔다. 내가 웃으며 인사를 건넨 뒤, "이름이 어떻게 되세요?"라고 물었더니 내게 이메일을 자주 보내왔던 사람이란 걸 알 수 있었다. 자신의 조카가 내 책을 보고 공부를 하지 않았던 아이가 사진작가의 꿈을 이루기 위해 열심히 공부하고 미술을 하고 있다고 했다.
길 한복판 나무 그늘 아래에 마주 선 채로 이런저런 사진 이야기, 나의 작품 이야기들을 잠시 나누다가 '와이프'라는 단어가 귀에 쏙 들어왔다.

"아, 결혼하셨구나. 좋으시겠어요! 그럼 원래 사진을 처음부터 하신 게 아니시겠네요? 많은 일들이 있었겠어요."
"그렇죠. 많이 돌아왔네요. 하하, 근데 인생 뭐 있나요? 죽더라도 한 번 사는 거 하고 싶은 거 하다가 죽어야지, 하하."
"맞아요. 사람은 하고 싶은 거 하면서 살아야죠. 아, 전 언제 결혼하고, 자리 잡고, 어느 세월에 그렇게 될까요. 하하……."

다른 방법으로도 명확한 전달이 가능한 것은 사진을 이용할 필요가 없다.
— 에드워드 웨스턴

"에이, 수린 씨는 어리잖아요. 예쁘고, 재능 있고. 이제 시작인데요, 뭘. 좋은 사람 만나서 연애도 하고 결혼도 하고, 이제 앞으로 그럴 거잖아요."

'수린 씨는 어리잖아요.' 그 말을 듣는 순간 왠지 마음이 따끔따끔 아파왔다. 내게 그가 걸어온 시간을 굳이 설명해주지 않아도 알 것만 같았다. '여기까지 오시느라 고생하셨어요.'라고 등을 토닥여 주고, '앞으로 좋은 일만 있을 거예요. 파이팅!' 외치며 손을 꼭 잡아드리고 싶었다.

그분이 길에 서서 보여준 사진들은 내가 찍은 사진들처럼 화려한 색도, 화려한 피사체도 없었다. 아무것도 만지지 않은 카메라로 그냥 길거리에서 사람들을 찍은, 말 그대로 '날 것'이었다. 하지만 난 그 사진들을 보고 그분이 좋아졌다.

나는 그런 날 것들을 만들어내지 못하는 사람이다. 길거리에서 그저 나를 스쳐 지나가는 사람 같은 건 관심 있게 본 적도 없다. 그걸 내 카메라에 담고 김수린이란 이름을 단 작품으로 낼 수 있다고 생각해본 적도 없는 사람이다.

모두가 원하는 만큼, 자신이 욕심내는 만큼 모두 이루고, 꿈꾸는 만큼 해낼 수 있다면 얼마나 좋을까.

나 아닌 다른 이 역시 나처럼 자신이 특별하다고, 자신의 인생은

앞으로 다를 거라고……. 남들이 보았을 때 늦은 시작이고, 왜 이렇게
어리석게 돌아 돌아 이제야 시작을 하는 거냐고 그렇게 물을지라도
용기 내어 자신의 인생을 꿈꾸는 대로 만들고 말겠다고 그렇게 결심
했을 때, 그 모든 사람들에게 세상의 모든 행운과 따뜻한 박수가
쏟아져 나와 반짝이는 별처럼 비춰주었으면 좋겠다.
꼭 그랬으면 좋겠다.

#.22

믿음이라는 것

결국 사람과 사람 사이의 관계란, 믿어줄 이유가 없다 해도 '그냥 한 번 믿어보는 것'이 아닐까. 믿을 수 있어서 믿는 게 아니라, 상대가 내게 어떠한 확신 따위를 주지 않아도 아무런 의심 없이 믿어주고, 시험하지 말아야 한다.

설령, 마지막에 그 믿음을 배신당할지라도.

#.23

그 나이에는

미처

몰랐던 것들

여유로운 토요일 점심. 맛있는 점심을 먹기 위해 연주와
밖으로 나왔다. 차를 타고 가다가 신호에 걸려 잠시 멈춰
있는 동안에 창 밖을 무심하게 내다보았더니 허공에 대고
잠자리채를 이리저리 흔들고 있는 귀여운 꼬마 두 명이 보였다.
아이들 뒤에는 텅 비어 있는 곤충 채집 통을 들고 서 있는 아저씨가
보였는데, 아이들에게서 시선을 떼지 못하는 걸 보니 아빠인 듯했다.
근데 아빠의 표정은 '집에 빨리 들어가서 쉬자.'라고 말하는 것처럼
보였다.
어릴 때는 조금은 징그럽게 생긴 곤충들을 잡으려고 왜 그렇게 열심히
쫓아다녔는지 모르겠다. 지금은 만질 수도 없을 것 같은 올챙이도
참 열심히 키웠었다. 놀이터에 나가면 이름 모를 풀들을 모조리
뜯어와 엄마에게 쑥떡을 해달라고 졸라댔던 나도 저 아이들과 다르지
않았다는 생각에 괜스레 웃음이 났다.
"저 아이들 아빠도 이 더운 날씨에 참 힘드시겠다. 어릴 때는
놀이터에서 엄마 아빠가 놀아주는 거, 놀이공원이나 동물원
데려가는 게 당연하다고 생각했는데. 얼마나 귀찮고 힘들었을까,
그치?" 나는 연주에게 혼잣말하듯 말했다.
지금껏 살아오면서 내가 얼마나 많은 것들을 당연하게 여기며
살아왔을까. 예전에는 눈에 보이지 않았던 것들, 그냥 관심 없이
지나치던 것들도 자세히 들여다보면 저마다 이런저런 생각이나 추억을
떠올리게 하는 것들이 어찌나 많은지.

#.24

인연

나는 내가 좋아하는 피천득 작가의 『인연』이라는 수필에서
아사코를 추억했듯, 아직 지난 시간들을 추억할 만큼
많은 시간을 살았다고 생각하지는 않는다. 하지만 항상
'인연'이라는 이 아름다운 단어를 제목으로 글을 써보고 싶었다.
그래서 제목도 딱 두 글자, '인연'이라 짓기로 했다.

스물두 살 때였나. 친한 친구들과 만날 때 가끔 그 친구 무리들 중에
유독 친한 한 살 어린 남자동생이 있었다. 알고 지낸 지는 몇 년이나
되었지만, 우리는 따로 연락을 한 적도, 밥을 먹은 적도 없었다.
그러던 어느 날, 그 동생에게 "누나 잘 지내요? 안 바쁘면 밥이나 한번
먹어요."라고 연락이 왔다.
약속 장소로 가는 길, 나는 빈손으로 가고 싶지 않아 작은 선물을
샀다. 단둘이 만나는 건 처음이라 조금은 어색했지만, 아무렇지 않은
척하고 선물을 건네주었다. 그랬더니 그 동생도 나에게 줄 선물을
가져왔다며 주섬주섬 가방에서 무언가를 꺼냈다. 우연의 상황에 서로
얼마나 신기했던지.
그때 그 아이가 내게 준 것이 바로 피천득의 『인연』이었다.
기억해보건대, 그 순간은 마치 얼음으로 얼려놓은 것처럼, 사진으로
찍어 놓은 것처럼 내 마음 속에 인연이라는 것이 시작된 20대의
아름답고 풋풋했던 시간으로 가슴에 남아 있다. 그 아이와 헤어져
집으로 돌아오는 길에 나는 알았다. 인연이 시작될 때는 설명하기

사진은 미덥더미 속에서 발견된 자신의 무의식이 만들어낸
산물이고, 자기의 내적 생성이다.
–앙드레 켈프케

힘든 무언가가 서로를 끌어당긴다는 것을. 아쉽게도 그 아이와의
인연은 오래 가지 못했지만, 나는 그 반짝이던 순간을 여전히
기억하고 있다.

언젠가 엄마에게 이런 질문을 한 적이 있다.
"엄마, 내가 20대 초반에 만났던 사람들, 지금 만나고 헤어지고 하는
사람들이 내가 엄마 나이가 되고, 더 늙어서 누군가의 할머니가
되었을 때도 기억이 날까?"
"그럼. 하나도 빠짐없이 다 기억날 거야. 아주 생생하게."

내가 기대한 답과는 달랐던 대답이었다. 그래, 기억이나 추억이라는
것은 언제나 시간이 지나면 그 흐르는 시간 속에 미화되어 결국에는
좋았던 것들, 반짝거리는 순간들이 남는다. 반대로 아프고 힘들었던
시간들도 결국에는 잊히지 않고 '다시는 돌아갈 수 없는' 조금은 아픈
이름으로 가슴 속에 영원히 남게 될지도 모른다. 아팠던 상처가
깨끗이 나아 사라진 것이 아니라, 그 상처를 감당할 수 있게 되었을
뿐이다.

한 살 어린 남자 친구가 학원에서 끝나길 기다리며 혼자 학원
앞에서 기다렸던 기억, 친한 친구로 지냈던 아이가 눈이 내리던
발렌타인데이에 "너를 좋아해."라며 수줍게 고백했던 기억, 군인이 된

남자 친구가 100일 휴가를 나와 써프라이즈로 나를 놀래 주었던 기억, 그리고 마음을 쉽게 열지 못하던 나를 3년이란 시간 동안 한결같이 같은 자리에서 사랑해 주었던 고마운 그 사람에 대한 기억 등 나의 젊은 날에도 잊히지 않을 아프고, 아름다운 기억들이 벌써 이렇게나 많이 가슴에 담겼다.

여전히 나는 매일같이 사람과 사람 사이의 인연을 자주, 또 곰곰이 생각해보곤 한다. 그것은 삶을 살아가며 계획하고 이루는 일에 관한 '꿈' 같은 것과는 달라서 결코 자신의 계획처럼 흘러가지도, 의도대로 만나지지도, 또 헤어지지도 않는다. 그래서 이렇게 매일 하루하루를 새로운 인연에 대한 기대로 살아가고 있는 건 아닐까.

#.25

마음이

유리 같은 사람들

예전에는 정말이지 그랬다. 나는 365일, 7일, 24시간 내내
불안했다. 책을 읽든, 상관없는 공부를 하든, 그냥 뭐라도
해야 할 것 같아 늘 초조했다. 잠을 자도 언제나 무언가에
쫓기거나, 짓눌리는 꿈을 꾸고, 자주 가위에 눌리곤 했었다.

사진이 좋고 카메라를 잡는 그 순간은 너무 행복하지만, 매번
카메라를 잡을 때마다 원하는 사진이 나오지는 않는다. 무언가
데드라인이 앞에 떡 버티고 있어 나를 짓누르는 어떠한 압박이 더해질
때나, 말로는 표현할 수 없을 만큼 우울함의 수도꼭지가 흘러 넘치기
직전까지의 갈급함이 있을때, 그때 비로소 무언가가 소용돌이친다. 나,
진짜 이걸로 위로 받지 않으면 죽어버릴 수도 있겠구나 싶을 때, 삶에
대한 회의와 세상에 나 자신 말고는 정말 믿을 것이 하나도 없겠구나
생각이 들 때, 미치도록 나를 자극하는 어떤 무언가와 마주했을 때.
그래, 고작 그때뿐인 것 같다.

억지로 무언가를 계속해서 만들어내려고 해도 그건 정말이지 참
힘들다. 그렇게 어떻게든 만든다고 한들, 그 결과물이 내 눈에
찰 리도 없다. 그래서 무언가에 홀린 듯한 그 잠깐의 순간들이
예술가로서 좋은 건지 나쁜 건지는 잘 모르겠지만, 솔직히 말하면
내 마음속엔 늘 이유 모를 파도가 친다. 이유라도 있었으면 좋겠는데,
사실 이 파도에는 이유가 없다. 그냥 내가 나란 사람으로 이렇게

태어나서 이렇게 생겨먹었단 이유 밖엔.

아침에 눈을 뜨면 세상에서 제일 긍정적인 사람이 되었다가,
달이 떠오르면 지구가 내일 멸망한다 해도 아무 미련도 없이 모든 게
부질없다며, 태어난 삶을 탓하는 염세주의자가 되기도 한다.
함께 있는 그 순간만큼은 누군가를 너무나 사랑하는데, 다음 날이면
언제 그랬었는지 내 마음이 차갑게 식어버리는 것도 다반사에, 없으면
그리워질 걸 알면서도 버리고, 버리고 나서도 한참 그 자리를 떠나지
못하며 후회한다.

예전에 전인권이 쓰고 부르는 〈사랑한 후에〉라는 노래를 듣고, 엄마가
내게 말한 적이 있다.
엄마는 그 가사를 보고 꼭 나 같다고 했다. 그리고 저런 가사를 쓴
전인권도 나처럼 마음이 유리 같이 얇고, 투명한 사람일 거라고 했다.
그래서 아주 작은 것들에도 쉽게 깨지고, 흔들리고, 남들보다 더
아프게 느끼는 거라고 내게 말했다…….

가끔은 나 자신조차도 버거운 내 모습들을 만난다.
길가의 흔들리는 작은 꽃송이조차 그냥 지나치지 못하는 유리 같은
연약한 마음을 지닌 그런 사람들이 이 세상에는 있다. 그리고 어쩌면,
그런 유리 같은 마음을 지닌 사람들이 넘쳐흐르는 자신의 마음을

글로, 음악으로, 영화로, 사진으로, 그렇게 무언가에 쏟아 붓는 것이
아닐까 하는 생각을 한다. 결국 모두가 다 같은 목적으로 아직 다
찾지 못한 진정한 삶의 의미를 찾기 위해서 말이다.
그렇다. 나 역시 여전히 삶의 진정한 의미를 찾지는 못했다. 그래서
오늘도 나는 무언가를 써 내려 가고, 무언가를 사진에 담는 일을 하며
삶을 살아간다.

#.26

오늘밤의 외로움

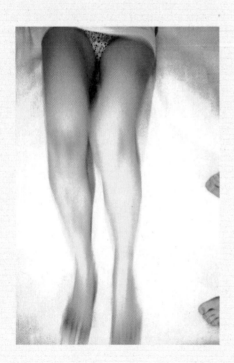

매일 아침이든 저녁이든 엄마와는 이런저런 이야기를 자주
한다. 아침엔 일어나자마자 부리나케 나가느라 바빠서
정신이 없고, 저녁이면 지친 몸으로 들어와 밥 먹을 기력도
없이 침대에 쓰러져버리기 일쑤지만, 엄마는 떨어져 있어도
내 일거수일투족을 다 아는 모양인지 항상 그때쯤 전화를 거신다.
"힘들지 우리 딸. 너무 힘들게 살지 마." 하시면서……

오늘 저녁엔 전화가 울리지 않아서 먼저 전화를 걸었다. 엄마는
사촌동생 뚱이가 잠깐 한국에 왔다가 오늘 아침 비행기로 돌아간다며,
어젯밤엔 '돌아가기 싫어도 내가 마주해야 할 일이야. 가서 열심히
할게, 이모.'라는 문자를 보내온 걸 보고 한참 동안을 울었다고 했다.
그리곤 덧붙인다.
"힘든가 봐. 많이 지쳤나 봐……."
그 말에 나도 뚱이를 생각하며 대답했다.
"응. 집 떠나 산 지 11년쨌데 많이 지친 거 같아."
나도 매일, 매일 밤을 엄마에게 어린아이 투정부리듯, 너무 힘들다고
징징댔었다. 너무 바쁘고, 밥도 제대로 못 먹고, 외로워서 못살겠다고.
하지만 어느덧 나는 다 큰 어른이 되었고, 몇 년이 더 지나면
한국에서 산 시간보다 미국에서 산 시간이 더 오래 될, 그런 날이
다가온다.
엄마는 내가 만약 중학생의 어린 딸로 돌아간다면, 지지고 볶더라도

나를 옆에 두고 살고 싶다고 늘 말씀하신다. 가족이라는 건 그래야
하는 것 같다고, 아니 그래야 맞는 것 같다고 하시면서. 그 삶을
흐릿하게 짐작해보건대, 내 생각에도 아마 그래야 할 것 같다.
솔직해지자면 지금의 나는 그때의 내가 아니다.

『청춘을 찍는 뉴요커』를 겁 없이 써 내려 갈 때의 스무 살 때까지만
해도 모든 세상이 나를 중심으로 돌아간다고 믿었다. 예술가로서의
성공을 위해서는 사랑도, 그 무엇도, 내 모든 걸 내어줄 수 있다고
자신했다. 하지만 나는 이제 조금 덜 성공하더라도 언젠가는 좋은
사람을 만나서 결혼을 하고, 내가 좋아하는 아이들도 키우고, 남편
저녁도 차려주면서 평범하고도 행복하게 살고 싶은 마음도 크다.
지금 내 나이는 분명 아름답다. 악센트가 좋다는 상투적인 말에도,
매력적인 유러피언이 나에게 빠지게 할 수 있는 젊음이 있고, 그렇기
때문에 느낄 수 있는 그 남녀 사이의 긴장감이 즐겁다고 생각한다.
"이래서 젊은 게 좋은 거야!"라고 그때마다 외쳐보지만,
그 순간뿐이다. 젊음이 영원하지 않듯, 내 젊음 속의 나를
흥미진진하게 만드는 수많은 긴장감들도 그 수명이 너무 짧다.
그저 수많은 틈을 채우는 그 무엇들 중 하나일 뿐이다.

나는 모든 것이 영원하지 않음을 안다. 하지만 유일하게 내가 영원에
대한 희망을 걸고 있는 두 가지가 있다. 하나는 언젠가는 사랑하는 단

한 명의 누군가를 만나 죽을 때까지 헤어지지 않고 같이 사는 것,
또 하나는 죽을 때까지 사진을 좋아하는 내 마음이다.
언젠가는 늘 누군가와 함께 하고 싶다. 내가 사랑하고, 또 나를
사랑해 주는 그 누군가와.

#.27

화려했던 너의

이루지 못한

소박했던 꿈

사실 내 생각을 글로 담아 둔다는 것이 가끔씩 버겁고 힘들 때가 있다. 글을 쓴다는 것은 예전의 힘들었던 기억이나 아픈 상처들을 다시 꺼내 그때의 감정을 되새겨 보는 것과도 같다.

너무 행복할 때나 사랑에 빠져서 사랑 말고는 아무것도 보이지 않을 때, 일이 너무 바빠서 지나간 시간을 되돌아 볼 기력이 남아 있지 않을 때와 같은 상태를 제외하고서 요리를 할 때 알맞은 온도와 적당한 양의 재료들이 필요하듯, 글을 쓰기에도 딱 들어맞는 그런 상황과 분위기가 존재한다고 나는 생각한다. 그리고 그 '글쓰기 적당한' 분위기를 매일 상황에 따라 맞춰서 끌어내기가 생각처럼 쉬운 일도 아니다. 그런 의미에서 글쓰기를 직업으로 삼고 매일 글을 써서 삶을 꾸려나가는 세상의 모든 작가와 시인들을 진심으로 존경한다.

제목을 먼저 써놓고, 내용을 풀어쓰기까지 거의 3주라는 시간이 흘렀다. 망설임 없이 단번에 쓴 제목이지만, 조금은 두려웠다고 해야 할까. 다시 지나간 내 시간과 마주하기가 자신이 없었다.

2009년은 내게 참으로 힘든 해였다. 당시에 나는 스물세 살이었고, 첫 책을 펴내고 기대보다 꽤 큰 성공도 거두었다. 2010년에는 최연소 개인전을 열게 되어 죽기살기로 작업에만 몰두했었다. 정말이지 사진에 있어서는 그때의 어린 나이에 버거우리만큼 승승장구했다. 많은 사람에게 주목 받으며, 젊은 패기에 성공의 맛까지 보았으니

무엇이든 거침이 없었다.

하지만 내겐 그것이 전부가 아니었다. 사랑하는 사촌 오빠가 스물일곱
살이라는 어린 나이에 갑자기 세상을 떠났고, 2달 뒤, 사랑하는
친구 다울이가 떠났다. 그녀가 세상을 떠나기 몇 주 전까지만 해도
뉴욕에서 매일 만나 시간을 함께 보냈던 터라
더 힘들었고, 한참 동안 그 사실을 받아들일 수가 없었다. 내 삶은
너무나 버거웠다. 내가 감당할 수 없는 슬픔과 이별의 아픔이 연이어
찾아온 탓에 너무 혼란스러웠다.
아직도 카페에서 다울이와 나눴던 대화가 생생하게 기억난다. 그녀는
사랑하는 사람을 만나 일찍 결혼을 해서 엄마가 되고 싶다고 노래를
불렀었다.
"언니, 나는 진짜 예쁜 엄마가 되고 싶어."
그 생생한 목소리. 그 날의 잊히지 않는 햇빛에 빛나던 다울이의
아름다운 얼굴과 손짓들이 눈을 감으면 훤히 보이는 것만 같다.
그때의 다울이는 세계적인 쇼를 서고, 어린 나이에 유명세와 많은
것들을 얻은, 모두가 보기에도 부러워할 것 없는 삶을 살고 있었다.
하지만 항상 많이 외로워했다.
"괜찮아 다울아. 우리가 있잖아. 항상 좋은 생각만 해. 알겠지?"
두 살 많았던 나는 늘 외로워하는 그녀의 곁에서, 더 가까이에서 더
많은 시간을 함께 해주지 못한 것 같아 여전히 가슴이 아프다.

어쩌면 삶이라는 것은 이렇게 사는 것이 또는 저렇게 사는 것이
성공한 삶이라고 단정 지을 수 없는 걸지도 모른다.

아주 어린 나이에 누군가를 만나 결혼을 하고, 아담한 집에서
아이들과 울고 웃으며, 때로는 자신이 한 선택을 후회하고 눈물을
흘리고, 좀 더 꿈을 좇아가 보지 못하고 너무나 보잘것없고 평범한
삶을 살고 있는 자신을 탓할 누군가의 삶이, 어린 나이에 많은
돈을 벌고 자신의 꿈을 아주 일찍 이루었던, 세계적으로 유명했던
누군가에게는 끝내 이루지 못한 꿈이라는 것을 알고 있는 사람들은
생각보다 많지 않을 것이다.

여전히 내가 매일 밤, 단 하루도 빠지지 않고 하는 생각이 있다.

올해 나는 스물일곱 살이 되었구나. 다울이는 올해로 스물다섯 살이
되었겠다……

#.28

어쩌면 지금은,

당연한 것일지도

꽤 어린 나이에 내가 꿈꾸었던 많은 것들을 이루었다. 운이 좋았던 탓이기도 하고, 사람마다 화려하게 빛나는 시기가 있는데, 그 시기가 단지 남들보다 빨랐던 것 같다.

정말이지 신기하게 열아홉 살부터 스물다섯 살까지, 내가 꿈꾸던 거의 모든 것들이 현실이 되었다. 가끔씩은 내가 계획하고 기대한 것보다 훨씬 더 많은 것이 쏟아져 내 품으로 들어왔다.

사람이라는 존재가 참 웃긴 것이 계속해서 승승장구하다 보면 뜻대로 되는 일들이 마치 당연한 것처럼 느끼게 되나 보다. 어릴 땐 내가 열심히 산 대가니까 당연한 것이라고 생각했었다. 내 노력의 결실이라고, 이건 절대 운과는 상관없는 것이라고 단정 짓기도 했다. 그러니 작은 일에 감사할 줄도 몰랐고, 나 자신에 대한 기대치는 풍선처럼 점점 커져만 갔다. 그러다 보니 어느 순간에 그 어떤 것에도 쉽게 만족하지 못하고 있는 나를 보게 되었다.

나의 자만을 깨달은 이후로 내 마음이 달라지기 시작했다. 아주 작은 것들의 소중함을 깨닫게 되었고, 삶에 오르막과 내리막이 있다는 당연한 이치와, 삶을 살아가면서 누구에게나 '때'가 있다는 것도 알게 되었다. 눈에 보이지 않는 그 '때'가 아니면, 노력과 결과가 비례하지 않을 때도 많이 존재한다는 것 역시.

내가 아는 어떤 동생은 이름만 들어도 누구나 다 아는 세계적인 명문대 출신에, 방학마다 좋은 회사에서 인턴을 해서 쌓은 경력과 화려한 스펙을 가득 채운 이력서를 갖고 있었다.

하지만 그 동생에게는 졸업 뒤 대부분의 사람이 선택하는 안전한 회사원의 삶보다는, 혼자서 헤쳐나가 무언가를 해보고 싶은 사업가의 꿈이 있었다. 그리고 좋은 기회를 만나 어린 나이였음에도 미국에서 꽤 많은 돈을 투자 받아 사업을 시작했다. 그것조차 그 동생의 능력이었다고 나는 믿는다. 하지만 생각처럼 사업은 잘 돌아가지 않았다. 그에겐 집에서 부모님의 지원도 끊겼고, 돌아갈 곳도 없었다. 그래서 시간당 돈을 받는 아르바이트라도 해야겠다 싶어서 고기를 굽는 아르바이트생을 구하는 갈비집에 이력서를 들고 면접을 보러 갔다고 한다. 화려한 이력서를 쑥스럽게 고기집 사장님께 내밀었더니, 사장님이 하신 말.

"우리는 이런 거 하나도 필요 없어요. 우리는 그냥 식당에서 많이 일 해본 사람이 필요해요. 미안해요."

그때 그 동생은 알았다고 한다. 이 세상의 어떤 일도, 하찮고 우습다고 생각했던 고기를 굽는 아르바이트조차도 원하는 대로 할 수 없는 것이 진짜 현실이라고. 결국 내가 가장 쉽게 잘할 수 있는 건 내가 늘 해왔던 공부, 늘 해왔던 것밖에 없구나 싶었다고 말했다.

사람들은 나에게 이야기한다.

"너는 아주 어릴 때부터 늘 한 가지 꿈만 꾸고, 너 자신이 하고 싶은 일이 명확했으니까 방황할 일도 없고 좋겠다. 너무너무 부러워."라고.

그 말에 나는 늘 똑같이 대답한다. 아니라고. 나 역시 자주
방황하고, 여전히 내가 어떻게 어떠한 삶을 살고 싶은 건지 여전히
잘 모르겠다고. 그래서 '어쩌면, 지금은 당연한 걸지도 모른다.'라는
생각이 들었다.

모든 것들이 불확실하고, 앞으로 어떤 일을 하면서 어떻게 살고 싶은
건지, 어떤 사람을 만나 어떻게 사랑하고 싶은 건지 고작 이십 몇
년을 살아온 주제에 어떻게 속 시원하게 앞일을 내다볼 수 있을까.
어쩌면 지금의 방황이, 자신이 원하는 것이 자꾸만 헷갈리고 뭘
어떻게 해야 할지 막막하기만 한 그런 감정들이, 20대라는 나이에는
당연히 거쳐 가야 할 순간일지도 모른다. 지나고 보면 이때를
그리워할 때가 오리라고 나는 믿고 있다.

그렇다. 나도 나의 20대를 충실하게 살아가고 있는 중이다.
자기 체면과 위로가 아닌, 나 자신에게 주는 희망찬 격려임을
좌충우돌 20대를 겪고 있는, 또 겪어간 사람들이라면 누구나 이해할
거라 믿으며 나의 젊음을 사랑한다.

#.29

떡볶이는 여전해요

나는 어릴 때부터 떡볶이와 같은 군것질을 참 좋아했다.

여전히 생생한 기억 중에 하나가 초등학교 시절에 아빠가

학교 앞까지 차로 데려다 주면, 차에서 내려서 학교까지

올라가는 언덕길에 있는 구멍가게를 그냥 지나친 적이 없었다. 참새가

방앗간을 어찌 지나칠까. 나는 단 하루도 빠짐없이 구멍가게에 들러

빵과 과자, 껌과 사탕을 한 아름 사서 등교했다. 덕분에 내 책상

서랍에는 항상 먹을 것이 가득하기로 유명했다.

학교가 끝나면 나는 구멍가게 대신 아이들이 시끌벅적 모여 있는

분식점에서 떡볶이를 컵에 넣어서 파는 컵볶이나, 떡꼬치를

즐겨먹었다. 달콤하고도 매콤한 떡볶이를 아껴먹으며 학교에서 꽤

떨어진 한자 학원까지 걸어가던 기억도 종종 난다.

오랜만에 일을 끝내고 시간이 남아 봄기운을 느끼며 천천히 걸었다.

가방도 내 기분을 아는지 그다지 무겁지 않았고, 나는 귀에 이어폰을

꽂고 음악을 듣는 대신 길거리의 차가 지나가는 소리, 귀여운

초등학생들이 수다 떠는 소리, 바람소리에 좀 더 귀 기울여 보았다.

조금 걷다 보니 배가 출출해져 길가의 음식들이 눈에 들어오기

시작한다. 마침 학교가 끝나고 초등학생들이 집으로 돌아갈 시간인지,

천막 밑의 떡볶이 가게에는 초등학생들로 붐빈다. 가던 길을 멈추고,

나도 그들 사이에 끼어 참으로 오랜만에, 미국으로 떠나기 전

초등학생 때의 내가 생각나서 가게로 끌리듯 발길을 옮겼다.

"안녕하세요~ 떡볶이는 얼마씩인가요?"

"1인분에 이천오백 원이에요. 1인분은 혼자 좀 많으실 텐데…… 천
원씩도 팔아요."

"아, 그래요? 그럼 천 원어치만 먹을 수 있을까요?"

"그럼요~ 천 원어치에 튀김은 추가 안하고?"

"튀김도 추가할게요. 김말이랑 고구마튀김도 주세요."

올망졸망한 초등학생들 사이에 껴서 삐쭉 튀어나와 혼자 서서 먹고
있는 뒷모습이 그려져 괜히 웃음이 났다. 옆 자리의 아이들을 보니
귀여운 말다툼 중이다.

"아줌마, 튀김고구마 하나 주세요!"

"야, 바보냐. 튀김고구마가 아니라 고구마튀김이지!"

"바보 아니거든?"

말다툼 하는 이유가 튀김고구마냐 고구마튀김이냐 라는 이유라니.
얼마나 귀여운 이유인가. 또 피식 웃음이 나와 고개를 푹 숙이고
웃었다. 주인아주머니는 내게 떡볶이를 건네주시곤, 말다툼을 하는
아이들에게 이야기하신다.

"연수야, 그거나 그거나 똑같은 거. 둘이 별것도 아닌 걸로 싸우고
그래. 명태야! 국물 떨어진다. 한자리에서 먹어야지! 이리 와서
제자리에서 먹어."

아주머니께서는 아이들의 이름을 모두 알고 계셨다. 신기한 마음에

어찌 이름을 다 외우고 계시냐고 물으니, 주인아주머니는 순진하고
착한 아이들 이름은 자연스레 다 기억하게 되었다고 하셨다. 그러면서
내 이름도 기억해 주시겠다며, 이름을 물으셨다.
아이들의 이름을 기억하시고 일일이 살갑게 불러주시는 아주머니의
모습이 어찌나 아름다우신지. 아이들이 떡볶이를 먹는 동안 장난을
치다가 혹시라도 차에 사고를 당하진 않을까, 뜨거운 국물을 쏟진
않을까, 떡볶이를 이리저리 섞으시는 바쁜 순간에도 아주머니의 눈은
늘 아이들을 따라 움직이기 분주하셨다.

내가 초등학교 3학년이었던 열 살. 17년이 지난 지금도 여전히
천 원이라는 가격에 먹을 수 있다는 사실에 나는 가슴 한 켠이
뜨거워지기까지 했다. 모든 것들이 너무나 쉽게 변화하고, 사라지고,
새로운 것들이 생겨나는 세상에서 내 추억이 담긴 흔한 떡볶이는
여전하다. 나 역시 언제나 새로운 것들을 받아들이기에만 바빠
지금껏 내가 걸어온 시간과 정겨운 것들을 돌아볼 여유가 없었던
하루하루를 살아왔다.
떡볶이는, 여전히 천 원이었다. 익숙하고도 늘 그리울 추억으로
남아주어 고맙다.

#.30

'피파리의

은밀한 삶'

같은

매일 밤 생각해본다. 보고 또 보고, 왜 내가 이런 사진들을 찍었을까를 고민해본다.

문득 떠오른 건, 내가 사진을 찍는 어떠한 출발점이 어린 아이의 반항심 같은 마음에서 시작된 것은 아닐까 하는 의문이다. 아니, 어쩌면 그럴지도 모른다.

사실 내 마음속에는 '다른 사람이 나에 대해서 뭘 알아? 나도 나를 모르는데.' 같은 반항아 같은 생각을 갖고 있다. 이 못된 마음은 꽤 여러 가지로 나를 힘들게 하기도 하고, 끝없는 변덕으로 한 곳에 정착하지 못하게 만들기도 한다. 짐스럽고, 화가 나지만, 어쩔 수 없이 이게 나다. 나는 변덕스럽고, 그 누구도 나를 단정지을 수 없다고 믿으며, 내가 아닌 그 누구도 나를 결정지을 수 없다고 여긴다. 하지만 알 수 없는 부분에선 한 가지밖에 모르는 외골수 같은 면도 있다.

이 모습들을 찾아내고 인정하기까지도 꽤나 오랜 시간이 걸린 것 같다. 나에 대해서 아는 일은 정말 중요하고, 그게 아무리 별 볼일 없고 버리고 싶은 모습일지라도 그 사실을 인정하고, 그 사실을 시작점으로 여기고 모든 것들을 출발시키는 게 사진이든 뭐든 어떤 예술을 하든 가장 중요하다고 나는 믿는다. 〈private lives of pippa Lee〉가 아닌, 현실임에도 절대 100%일 수 없는 피파리의 은밀한 삶 같은 나의 은밀한 삶이다.

사진은 모든 것을 기억하는 창고 같다. 사진을 펼치면 언제든 과거는 되살아난다. 사진이 기억을 한다는 것은, 의지가 작용하고 있다는 의미이다. 사진은 시간의 단절에서 출발한다고 생각하지만, 애초에 현실을 등지고 출발했을지도 모른다. 아무리 현실 속의 현재 모습을 담고 있다 하더라도 그것은 현실을 가면처럼 뒤집어쓴 나의 얼굴일 수도 있다. 나는 내 삶에 일어난 일부를 단절시켜 사진에 담는다. 사진에 담고 싶은 대로 내 삶을 의도한다.

어떤 것이 진짜 나인지, 진짜 내 삶인지는 나도 잘 모르지만, 나는
내가 수백 가지의 모습을 가지고 있다고 믿고 살아간다. 이건 꽤
신나는 일이다.

앞으로 무엇을 찍을 거냐고 묻는다면 "I don't know yet."이라고 답할
것이다. 하지만 그것이 전부는 아니다. 분명 내 머릿속에는 무언가가
열심히 꿈틀대고 있고, 매 순간마다 담고 싶은 것들이 쉴 새 없이
스쳐 지나간다.

그걸로 충분하지 않을까?

#.31

그런 날이

있을 거라고

달빛이 나를 따르는 밤. 내 그림자가 아무 말 없이 묵묵히
나를 따르는 밤이다. 이 시간쯤 되면, 항상 무언가가
그리워진다. 사람이든, 도시든, 그냥 지금 내 옆에 없는 수
없이 많은 것을 그리워하게 된다.
나는 나중에 엄마가 되면, 아이한테 미리 다 말해주고 싶다.
"살다 보면, 밤늦게 혼자 집을 돌아오거나 할 때, 이유도 없이 많이
외로워질 때가 있을 거야."라고.

#.32

지금 알고 있는 걸

그때 알고 있었다 해도

언제였는지 정확히 기억은 나지 않지만, 어렸을 때 책을 좋아하는 엄마가 읽던 류시화 시인의 '지금 알고 있는 걸 그때로 알았더라면' 이라는 제목의 책이 10년이 훌쩍 지난 지금도 여전히 내 머릿속에 남아 시도 때도 없이 맴돈다.
어린 나이에 그 내용을 쉽게 이해하지는 못했지만, 어쨌든 스쳐 지나듯 눈에 담긴 그 제목만으로도 나에게는 깊은 여운이 남았다. 나는 어른이 된 후에 어느 날엔가 서점에 들러 그 책을 구입해 다시 천천히 하나하나 읽어 보았다.
우리는 자주, 아니 어쩌면 매일 '아, 내가 지금 알고 있는 걸 그때도 알았더라면……' 하며 후회를 하며 살아가고 있다. 사랑도 그렇고, 일도 그렇고, 공부도 그렇고, 인간관계에서도 그렇다. 후회하는 일처럼 바보 같고 어리석은 것이 없다는 것을 알고 있지만, 지나간 일에 대해 습관처럼 아쉬워하고 후회를 하면서 그때는 몰랐던 나 자신을 탓한다. 하지만 나는 빙빙 돌아, 결국엔 다시 제자리로 돌아온다.
그리고는 나 자신을 인정하고 토닥이며, 다음을 기약한다.
'나는 있지. 지금 알고 있는 걸 알고 있었다 해도, 결국엔 그때와 똑같은 결정을 하고 행동을 했을 거야……. 결국 그 모든 것들이 나 자신의 일부이기 때문에 다시 되돌아간다 해도 여전히 나일 수밖에 없을 거야. 나는 실수투성이에 후회로 가득한 삶이라 해도, 그런 내 모습까지도 전부 다 사랑하고 인정하니까…….'

\#33

내 마음은 말이야

더 이상의 그 무엇도 바라지 않을 만큼 행복이 충만한
순간이 있다.

그 순간을 얼음처럼 얼려 영원 속에 가두는 것이 과연 그 행복을
유지하기 위한 방법일까.

누군가가 내게 "이 행복의 절정 속에서 영원히 살 수 있다면 너는
그렇게 할래?"라고 물어온다면, 나는 단 1초의 망설임 없이
그 얼음을 녹여 행복을 깨버릴 것이라고 답할 것이다.

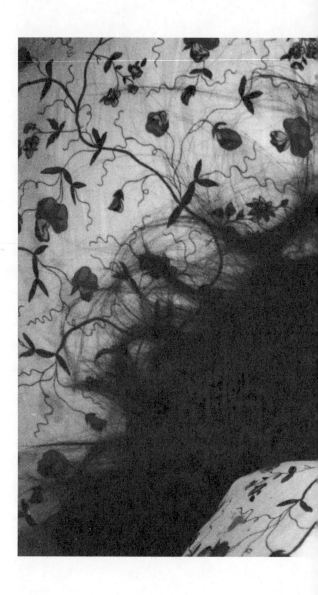

동일한 사진가가 찍은 사진은 모두 하나의 작품군을 형성해야 한다.
─수잔 손탁

#.34

선천적인 것과

후천적인 것

내게 토요일은 주말이 아닌 그냥 평일의 연장선의 하루일 뿐이다. 오늘은 아침 9시부터 미팅을 하고, 미팅을 끝내고 서둘러 집으로 돌아왔다. 오랜만에 페인팅을 하고 싶은 마음이 굴뚝같았기 때문이다. 나는 후다닥 물감과 팔레트, 이것저것을 챙겨 페인팅을 시작했다.

요즘은 꽤 잔잔했던 내 마음에 다시 파도가 치기 시작했다. 마음이 자꾸만 조급해진다. 모든 것이 내 계획처럼 척척 흘러가지 않는다는 것을, 사람과 사람과의 인연 역시 맘처럼 쉽지 않다는 것을 잘 알면서도 항상 작은 촛불 같은 희망에 모든 걸 의지하려고 한다. 불안하고 초조해서 작은 불꽃에 모든 걸 맡기고 있는 일이 바보같이 여겨지더라도, 그래도 물 흘러가듯 살아가는 것보다는 낫겠지 싶어 조금은 초조하고 매 순간을 간절한 마음으로 대하려고 노력한다. 예전에 해스티드 헌트Hasted Hunt의 갤러리의 주인이자 내 교수였던 사라가 내게 사진에 대한 고민을 모두 말하라고 했던 적이 있었다.
"저 지금 잘하고 있는 걸까요?", "전 아직도 열네 살 때 쓰던 카메라를 쓰는데 가끔 제가 너무 장비에 무심한 게 아닐까 그게 걱정이 돼요.", "사람들한테 내 사진을 일일이 다 설명해줘야 하나요? 만약 그렇다면 어디서부터 어디까지가 맞는 걸까요?" 나도 모르게 우르르 쏟아버린 수많은 질문에 사라가 입을 열었다.

"너도 네가 다르다는 걸 이미 느끼고 있지 않니?"
내 사진에 대한 그 어떤 칭찬보다도 내가 들어본 말 중에 가장
감동적인 말이었다.
이상하게, 지금껏 다른 사람들이 나를 특이한 사람이라고 이야기하는
건 달갑지 않았는데, '너는 다르다'라는 말을 들었을 때는 그동안
들어왔던 칭찬과는 다르게 느껴졌다. 그리고 뼛속까지
그 말이 파고들었다.
마치 날카로운 바늘이 구멍 났던 내 가슴 한구석을 조금 더 단단하게
찔러가며 꿰매주는 느낌이었다고 해야 할까.
괜히 쑥스러워 씩 웃으며 "더 열심히 할게요."라고 말했더니,
"너무 억지로 열심히 하려고 하지는 마. 솔직히 이건 열심히 한다고
되는 일은 아니거든. 그냥 네가 세상을 보는 자체가 아주 특별한
거니까, 그걸 꾸준히 잘 지켜가기만 하면 돼."라고 격려해 주셨다.

내가 해야 할 모든 하루 일과를 끝내고, 저녁 늦게 세희와 예리
언니를 만나 치킨을 먹었다. 동네에서 언니와 커피 한잔을 하며
이런저런 이야기를 하던 중에 나는 이런 말을 했다.
"난 사진은 타고났다고 생각해."
나에게 항상 대체 그 말도 안 되는 근.자.감(근거 없는 자신감)은
어디서 나오는 거냐고 넌 참 못 말리는 애라고 이야기하는 언니는
그 어이없는 대답에 "그래, 타고났다는 애한테 뭘 어쩌겠어."라며

호탕하게 웃었다.

참 웃긴 것이, 전에도 어떤 모르는 이가 자신도 사진을 전공하는데,
내 사진을 보면 사진에 관해서는 그 어떤 흔들림도 없어 보인다고
했었다. 그것이 너무나 당연하다는 듯, 나 자신이 선천적으로
타고났다고 믿고 있는 것처럼 보인다며 그것이 맞느냐고 물었다.
나는 사실 굉장히 이성적인 사람이다. 뭔가 예술을 하는 사람들은
머리보다는 가슴이 앞서는 사람들이 많고, 또 그게 당연하다는데,
솔직히 말하면 나는 그렇지 않다. 나는 내 삶의 무언가 작은 것들이
모여 내 삶 그 자체를 만들어내는 것이라고 믿고 있기 때문에
그 어떤 것도 결코 충동적으로 움직이는 사람은 아니다. 오히려
너무 이성적이고 계산적이라 피곤할 때가 많다.
게다가 '나'라는 사람을 만들어가는 것은 모든 것이 후천적인 거라고
생각한다. 비관적은 아니지만, 그렇다고 매우 긍정적이기엔 너무나
현실적인 인간이라고 해야 할까. 그냥 나는 내가 많은 걸 갖고
태어났다고 생각해본 적은 없다. 말로는 사진의 재능을 타고 났다고
말했지만, 단지 늘 무언가에 부족함만 느껴왔기에 재능을 발견하고,
만들어왔을 거라 믿는다.
'아, 나는 삶을 살며 항상 무언가에 목말라만 하는구나. 왜 내
인생에는 채워야 할 것만 존재하는가. 이건 결코 행복한 일이 아니다.'
내 곁의 수많은 미국 친구들을 보면 더욱이 나란 사람은 'future
freak'이란 단어를 만들어내야 할 정도니까.

나의 친한 친구 애드랑 길을 걷다가 내가 물었다.

"애드, 넌 걱정 안 돼? 딱히 하는 일이 없잖아." (심지어 전기세,

인터넷비도 못 내서 끊겼다.)

"뭐, 미래에 대한 걱정보단 그냥 당장 돈 좀 생겼으면 좋겠어.

Jenny(여자 친구)한테 10불짜리 빈티지 원피스라도 사줄 수 있는

남자 친구이고 싶은 게 내 지금 꿈이야."

그런데 대부분의 젊은 친구들이 저렇다. '미래'에 대해 딱히 큰 걱정을

하지 않는다. 하루하루 그냥 먹고 마실 수 있으면 행복한 거다.

그걸 인정했으니, 난 내 삶이 고달프고 피곤해도 인정해야 한다.

결국엔 누구든 자신이 선택한 삶을 살아가고 있는 거니까.

언젠가 한 강의를 들으러 가서 아티스트가 이런 얘기를 한 적이

있었다. 자신이 스물다섯 살 때 엄청난 아티스트에게 자기 작품을

가져간 적이 있다고 했다. 그때 자신은 좋은 얘기만 듣길 원했고, 그

사람은 자신의 작품을 보자마자, "넌 스물다섯 살이야. 더 이상 무슨

좋은 말을 원하니?"라고 말했다고 한다. 그 순간이 자기 인생의 터닝

포인트가 되었고, 젊은 나이에 더 많이 실패하라고 조언해 주었다.

나는 여전히 스물둘의 어느 여름 밤에 혼자 찾아가 들었던

그 아티스트의 말을 아주 자주 떠올린다.

"넌 스물다섯이야. 더 이상 무슨 좋은 말을 원하니?"

훌륭한 프린트는 사진가의 감성과 심미안이 묻어 있어야 한다.
사진은 현실 모습을 전달하는 매체로 머무르지 않는 창조적인 예술이다.
—안셀 아담스

#.35

시간이 지나도

믿기 힘든

그런 일

저번 주에는 사촌동생 희선이가 쿠퍼유니언에
수학경시대회를 보러 왔었다. 아침에 희선이의 문자를 받고
혼자 뉴욕까지 경시대회를 보러 왔다는 것이 기특하기도
하고, 가족으로서 자랑스럽기도 해서 다른 일 다 제쳐두고 희선이를
보러 갔다. 동생이 시험을 다 보고 나올 때쯤 쿠퍼유니언 앞으로 가
반갑게 맞아 주었다. 혼자 똑똑하게 타지에서 열심히 공부하고 자기
할 일을 알아서 하는 동생이 기특하고 참 예뻤다.

내가 다섯 살이나 많아서 희선이가 세 살쯤이었던 때, 나는
초등학교에 갓 입학한 여덟 살이었다. 걸음마를 아장아장하던
희선이를 데리고 연주네 집 강아지 토토와 함께 놀기도 하고, 그
꼬마 희선이가 뭘 안다고 수학을 가르치겠다며 극성을 부렸던 기억도
난다. 이제는 훌쩍 큰 희선이와 함께 맛있는 것을 먹고, 예쁜 옷도
구경시켜주고, 이런저런 이야기도 나누며 반나절을 보냈다. 저녁이
되어 희선이를 보내고 나는 생각했다.
'반나절만 함께 해도 헤어짐이라는 건 어떻게 이렇게까지 내 마음을
얼얼하게 만들어버리는 걸까……'라고.
매일매일 보던 것도, 매일같이 서로 전화를 하는 사이가 아님에도
잠깐을 함께 보내고 다시 서로의 일상으로 돌아간다는 것이 나는
버겁다고 느낄 만큼 나약한 존재다. 살다 보니 원하지 않아도, 내
의도와는 아무 상관도 없이 너무 갑자기, 혹은 너무 어이없이 내

마음을 쾅쾅 멍들게 만드는 일들이 생긴다.

8월 달에는 할머니가 돌아가셨다. 할머니는 이번 해 2월, 조용히
나를 불러 젊은 시절에 찍은 사진들을 탁자 위에 펼쳐놓으시곤,
"사진작가인 너의 눈에 어떤 사진이 제일 예쁘냐." 하고 물으셨다.
그 질문이, 나는 언젠가 사용하게 되실 자신의 영정사진을 가장 예쁜
사진으로 고르기 위함이란 것을 눈치 챘지만, 선뜻 "할머니, 제가
더 예쁘게 새로 찍어드릴게요."라고 말할 수 없었다. 내가 사진을
찍어드리면 할머니가 왠지 더 일찍 내 곁을 떠나실 것만 같았기
때문이다. 하지만 정말이지 마음이 그랬다. 나는 '영정사진'이란
단어를 할머니 앞에서 차마 입에 담을 수 없어 웃음으로 그 순간을
넘기고 뒤돌아서는 한참 눈물을 삼켰다.

어른이 되고 인생을 살아가다 보니, 그래야겠다고 마음 먹으면 이미
늦어버리고 마는 일들이 생겨난다. 사랑도, 삶도, 사람과의 관계도
전부 그렇다.
곁에 없다거나, 다른 세상에 살고 있다고 생각하면 너무 슬프고,
그 슬픔이 도저히 감당이 될 것 같지 않아서 나는 그냥 내 곁을 떠난
것들이 행복한 곳을 여행하고 있다고 믿고 산다.
이곳에서의 삶은 진짜 알 수 없는 어떠한 곳에서의 영원한 행복을
위해 존재하는 거라고, 그렇게 믿고 산다.

#.36

앞서나가지

말아요

사실 내 나이에 '인생'이라는 단어를 자꾸만 사용한다는 것이 나도 우습다. 하지만 나는 꽤 어린 나이에 따뜻한 집과 부모님 곁을 떠나 어쩌면 남들보다 조금은 일찍 세상을 알게 되었다. 혼자 요리하는 법, 이사할 집을 찾는 법, 매달 전기세와 집세를 해결하고, 장보는 법, 아플 때 혼자 아프고 빨리 낫는 법까지. 형제자매도 없는 나는 어려서부터 늘 '혼자'라는 단어에 많이 익숙해져야만 했던 것 같기도 하다.

햇살 좋은 어느 날, 초등학교 때부터 친했던 친구들과 만나 맘껏 웃고 떠들었다. 우리는 여자 인생에서 가장 아름답다는 스물일곱의 꽃다운 나이에 시간가는 줄 모르고 수다를 떨었다. 어떤 일을 하며 어떻게 살고 싶은지, 결혼은 언제쯤 하고 싶은지, 남자 친구 이야기, 관심 가는 남자 이야기, 앞으로 만나고 싶은 스타일의 사람 등의 이야기를 하는 동안 사람과 사람의 관계에 관하여 꽤 많은 이야기들을 자연스럽게 나누곤 한다.

우리는 모두 같은 나이에 비교적 비슷한 환경에서 비슷한 삶을 살아오기는 했지만, 사람마다 생김새가 모두 다르듯, 서로 원하는 삶도 다르고, 좋아하는 스타일도 다른데, 그 중 유독 한 친구는 매번 만날 때마다 자신이 어떤 사람을 만나야 하는 것인지 갈피를 잡지 못하고, 갈팡질팡 하는 친구가 있다.

"그 사람은 다 괜찮은데, 직업이 좀 아쉬워……."
"아, 그 사람은 얼굴이 조금만 더 잘생겼으면 좋겠어."
"이 직장은 다 괜찮은데, 일이 조금만 쉬웠으면 좋겠어."
항상 그 친구의 말끝에는 아쉬움으로 가득했다. 내가 보기에 그
친구는 자신이 진짜로 원하는 것이 무엇인지, 정말로 자신의 인생에서
꼭 있어야 하고, 필요한 것이 무엇인지를 잘 모르고 있는 듯했다.

나는 이 세상에 완벽한 사람도, 완벽한 결과도, 완벽한 일도 없다고
생각한다. 물론 어떤 일을 함에 있어 과정에서 완벽을 꿈꾸며, 할 수
있는 한 최선을 다 할 뿐이다. 세상에 정말 내 마음에 100% 만족할 수
있는 그런 일이나 사람이 과연 존재할 수 있기나 할까?
세상에는 셀 수 없이 많은 사람이 존재하고, 나를 낳아준 부모님
역시 내 모습과 완전히 일치하지 않는 것이 당연한 일인데, 나와 피가
조금도 섞이지 않은 다른 사람이 '나'와 같기를 바라는 것은 지나친
욕심이 아닐까.

나는 어려서부터 '미래'라는 단어에 남들보다 큰 의미를 부여하기
좋아했었다. 이 단어에는 모든 가능성이 무궁무진하지 않은가.
정말로 그랬다. 처음 미국에 갔을 때 영어를 전혀 하지 못해서
수업시간에 늘 창 밖만 바라보고 있었을 때도 나는 나에게 다가올
밝은 미래가 있기에 그 순간들을 견딜 수 있었다. 좀 더 자라 대학에

간 후에는, 20대 초반에 다가왔던 풋풋한 사랑들이 시시해 보였다. 내
마음을 잡아 끄는 것들이 있었지만, 그 순간순간에도 언제나 내게는
'미래'와 '꿈'이 먼저였기 때문에 어린 시절 책상을 딱 절반 나누어 줄을
그어놓고 '여기부터는 내 자리야. 절대 넘어오면 안 돼.'라고 외쳤던
것처럼, 항상 내 삶에 내가 정해놓은 만큼만 누군가를 들여놓았고,
그 이상은 허락하지 않았다.
누가 그렇게 가르쳐 준 적도 없는데, 그냥 어린 나에게는 사랑보다는
꿈이라는 말에 더 가슴 뛰며, 설레었던 것 같다. 어린 나에게, 사랑이
인생의 가장 먼저인 친구들이나 사람들은 한심하고 시시했다.
'뭐야? 저 사람은 꿈도 욕심도 없나?'
재미없고 지루했다. 사랑은 어차피 지나가버릴 순간의 감정임이
분명한데, 자신에게 고스란히 남는 것이 아닌 것에 시간과 모든
애정을 쏟는 것을 이해할 수 없었다.

하지만 지금의 나는 생각한다. 인생을 결코 오래 산 것은 아니지만,
꿈이나 목표 같은 것들은 언제든 노력해 이룰 수 있지만, 자신을 자기
자신보다 아껴주고 사랑해주는 사람을 만난다는 것은 생각보다 쉬운
일이 아니란 것을. 누군가를 자신의 삶보다, 자신의 꿈과 목표보다
더 걱정하고 생각할 수 있는 것은 그 무엇보다 세상의 아름다운
축복임을. 그 어떤 마음보다 예쁘고, 착한 마음이라는 것을.
아무리 세상 모든 것들을 다 가져도, 꿈꾸었던 모든 걸 이루고 성공한

삶을 산다 해도, 사랑을 겪어보지 못한 삶은 반쪽뿐인 삶이란 것도
알게 되었다.
우리가 살아가면서 해피엔딩일지도 모를 일들을 망치게 되는 것은,
지나치게 앞선 염려 때문이라는 것을 나는 이제 조금은 알 것 같다.
우리는 늘 앞서 나가려 한다. 사랑을 할 때도, 좋아하는 일을 할 때도.

순간순간의 행복이 모여 미래가 된다는 것, 행복한 순간들은
지나가면 절대로 그 행복과 같은 행복한 순간은 찾아오지 않는다는
것, 커다란 틀은 구상하되, 세부적인 것들은 직감과 본능 혹은
분위기나 내 기분에 맞춰 나 자신이 가장 행복할 수 있는 삶을
살아가는 것이 가장 현명한 삶을 살아내는 방법이라는 것을 지금도
나는 뼈저리게 배우고 있다.

#.37

지금은

그저 무덤덤하게

단 한 장의 사진으로 스타가 되어 단번에 내가 꾸는 모든
꿈이 이루어진다거나 하는 그런 달콤한 꿈같은 건 단 한
번도 꿔본 적 없다. 로또가 당첨되는 걸 바라본 적도 없고,
다 그만두고 조건 좋은 누군가를 만나 편하게 살겠다 그런 생각도
해본 적 없다.
하지만 나는 내게 주어진 기회들이 내게 상처가 될 수도 있다는
사실이 많이 두려웠다. 다 잘 될 거라고 수없이 되뇌어 보아도 상처를
받는 것이 여전히 싫다. 헤어지는 것이 싫어 동물을 키우지 않는 것
역시, 적어도 내게는 그것이 당연하다.
내가 믿고 의지하고 있는 '사진'이라는 존재에게는 더욱 그렇다. 그리고
내가 왜 믿는 것에 상처받는 것을 두려워하는지, 모두에게 일일이
설명할 용기도, 그럴 마음도, 힘도 내게는 없다.

'누가 뭐래도 내가 최고야.'라고, 세상에 두려운 것 하나 없이 정말
뻔뻔하게 구는 것 같아 보여도, 사실은 그 뒤에 뻔뻔함을 잃지
않으려고 얼마나 다짐을 하는지는 아무도 모를 것이다. 어쩌면 그래서
내가 항상 이 세상을 나 혼자 돛단배에 올라타 밑도 끝도 보이지 않는
바다를 혼자 건너고 있는 기분으로 매일을 살아가고 있는 걸지도
모른다. 누구나 그럴 것이다. 사람으로부터가 아니라, 세상으로부터
상처를 받을까 봐 겁이 난다. 보이는 것이 전부가 아닌데, 모두가
보이는 것 그대로 믿어버릴까 봐, 그걸로 내가 판단될까 봐 무섭다.

나는 여기까지 왔다.

모든 것을 다 가진 것 같아 보여도 진짜 갖고 싶은 것 하나는 늘
가져본 적이 없고, 딱히 나 아닌 누군가에게 진심으로 마음을 던져
사랑을 주지도 못했다. 남들에게 평범한 일상의 일부분인 그런
것들이 내게는 일상이 될 수 없다는 것을 알기 때문에 어쩌면 내가 늘
그저 평범한 삶을 그리워하는 것일 수도 있다.

그 어떤 가능성도 닫고 싶지 않다. 모든 것들을 열어둔 채로 나와
나 아닌 모든 것들이 어떠한 끈으로 이어져 있는지를 무덤덤하게
지켜보고 싶다, 지금은.

#.38

열 살 때 읽었던

그 책을

여전히 기억해요

왜인지는 모르지만, 글자를 읽고 쓰기 시작했던 그 나이
때부터 나는 항상 어른이 되면 누군가에게 종이에 사인을
해주는 사람이 되고 싶어 했던 것 같다. 그냥 아주 막연하게,
언젠가는 사람들이 나에게 사인을 받아갈 만큼 유명하고 멋진 사람이
되고 싶다고 생각하며, 늘 스케치북 가득히 삐뚤삐뚤 영어로 된 내
이름을 가득 채우곤 했었다.

형제자매가 없는 나는 어렸을 때부터 이모들과 5–10분 거리에
살아서 사촌들과 자주 어울렸다. 자매처럼 지내는 사촌 연주네 가면
이모의 뜨거운 교육에 대한 열정 덕에 책장 빼곡히 셀 수 없이 많은
책들을 마음껏 읽을 수 있었다. 그중에서도 『나는 희망의 증거가 되고
싶다』라는 책을 인상 깊게 읽었던 기억이 있다. 그 책은 꽤 시간이
지났음에도 여전히 내 삶에 커다란 지표가 되어 주고 있다.
사실 내가 그 책을 읽었을 당시에는 딱히 '성공'이라는 단어나
'희망'이라는 단어에 커다란 의미를 부여할 만한 나이는 아니었다.
그럼에도 그 제목은 내 머릿속에 마치 조각을 새긴 것처럼, 내 삶이
누군가에게 '희망의 증거'가 되고 싶다는 꿈을 꾸게 만들었던 것 같다.
'사진'이라는 매체로 내 꿈을 연결시켜 직업으로 삼고, 이미지를
만들어내는 것이 나의 본업이기는 하지만, 나는 스물한 살의 어린
나이에 많은 이들에게 사진과 내 삶의 이야기를 통해 희망을
전해주고 싶어 첫 책을 세상에 내놓고 싶은 소망이 간절했었다.

책이 출간된 후에 여러 잡지와 뉴스 인터뷰에서 나는 이런 말을 많이 했었다.

"저 역시, 시간이 흐르고 나서 보면 제가 너무 어린 나이에 이런 책을 썼다는 사실에 웃음이 날 것 같아요."

사실이다. 정말 그랬다. 고작 몇 년이 지났을 뿐인데, 그때의 내가 책에 써놓은 글을 다시 읽어 보면 어찌나 당돌하고 거침없었는지, 대체 그런 용기는 어디서 났는지 나조차도 어이가 없어 웃음이 난다. 책을 위해서만 글을 쓰는 것은 아니지만, 스물셋, 스물다섯, 또 오늘 써 내려가는 이야기 역시 그럴 것이 분명하다. 내가 서른 살이 되고, 마흔 살이 되고, 누군가의 아내가 되고, 엄마가 되고, 할머니가 되면, 분명 또 웃음이 날 것만 같다.

『청춘을 찍는 뉴요커』를 펴내고 난 뒤, 책의 파급력이 내 생각보다는 굉장히 컸다.

"언니, 언니 책을 읽고 열심히 공부해서 원하는 대학에 진학해서 꿈을 좇아가고 있어요."

"안녕하세요. 군대 안에서 『청춘을 찍는 뉴요커』를 읽게 된 군인입니다. 군대 안에서 김수린 씨의 책을 읽고, 꿈에 대해서 다시 한 번 돌아보고 결심하는 계기가 되었어요. 감사드립니다."

"언니, 안녕하세요. 시골에 사는 한 소녀예요. 저는 카메라를 살 돈이 없을 만큼 가난하지만, 사진이 너무 좋아서 절대 포기하지 않으려고 해요. 언니 책을 읽고 저도 할 수 있다는 용기를 얻었어요. 감사해요."

하루에도 몇 번씩 이런 메시지와 메일들을 받았다. 시간이 흐르고
보니, "나는 세계 최고가 되겠어!"라고 뭣도 모르고 겁도 없이
외쳐댔던 내 모습이 참 우스꽝스럽기는 하지만, 그게 무슨 상관이란
말인가. 내가 아닌 세상의 누군가가 단 한 명이라도 내 이야기를 통해
희망을 품게 되고, 용기가 가지게 되고, 포기했던 꿈을 다시 붙잡거나
없던 꿈이 생기게 되었다면, 그것만으로 나는 너무나 감사하다.
"2편은 언제 나오나요?"
"글쎄요……. 아직은 잘 모르겠어요. 저도 2편을 쓰려면 인생을 좀 더
살아봐야 할 것 같아서요."
전시회 때마다 너덜너덜해진 책을 들고 와 사인을 받아 가던 많은
독자들의 관심과, 진심 어린 내 마음을 알아주었다는 사실에
너무 감사했다. 지금, 고작 27년이라는 삶을 살아낸 내가 인생을
이야기한다는 자체가 얼토당토 않지만, 그래도 나는 용기를 내기로
했다. 아직 많이 부족한 내 삶을 글과 사진으로 드러냄으로
단 한 사람에게라도 꿈과 희망을 줄 수 있다면 더없이 행복할 것
같다는 기대를 안고서 말이다.

세 가지 다짐

1. 나로 인해 무언가, 혹은 누군가가 변화될 수 있다는 희망
2. 나를 믿는 것들을 절대 실망시키지 않겠다는 책임감
3. 내가 아니면 날 대신할 수 있는 것은 없을 것이라고 확신하는
   자신감

내가 매일 다짐하는 세 가지.

나는 사진으로 찍을 수 없을 때, 그림을 그린다.

– 맨 레이

#.40

작품 너머,

예술가의 삶

예술 세계에서는 그 누구도 하루아침에 스타가 될 수는
없다. '단 한 번' 혹은 '단 하나의 작품'만으로는 그 누구도
인생이 바뀌지는 않는다.
페인트를 뿌려 하루아침에 유명해진 것 같아 보이는 잭슨 폴락도,
해골에 다이아몬드를 붙인 것만으로 인생이 역전된 것 같아
보이는 데미안 허스트도, 홀딱 벗은 친구들이 나무 위에 올라가
있는 사진으로 벼락스타가 된 것처럼 보이는 라이언 맥긴리도 모두
힘들었고, 슬퍼했으며, 그동안 처절한 외로움을 잘 견뎌냈기 때문에
그에 걸맞은 무언가를 얻은 것뿐이다.
예술 세계에선 그 누구도 단 하루 만에 실업자가 될 일도, 인생이
바뀌어 버리는 일도 있을 수 없다. 365일 실업자인 동시에, 365일
실업자가 될 수 없다. 예술가들은 이 모순 속에서 끊임없는
줄다리기를 한다. 그래서 내 삶 역시, 365일 불안함이라는 것을 아예
가장 밑바닥에 깔고 앉아 살아가고 있음을 부인할 수가 없다.

때때로 내가 찍은 사진을 보면서도 굉장히 생소하게 느껴질 때가 있다.
무언가 아주 낯설다고 해야 할까? 약 3초간 내 몸 속에서 나라는
사람이 빠져 나와 제3자가 되어 나를 바라보고 있는 것 같다.
얼마 전에는 '예술은 해석되지 않아야 한다'는 주제로 친구들과
논쟁을 벌였다. 해석하려 들자면 밑도 끝도 없는 작품들을 모두
하나하나 파헤쳐야 하나 곰곰이 생각을 해보았는데, 사실 예전엔

'예술 작품은 그저 좋은 게 좋은 거야. 그냥 보면 알 수 있어.'라고
생각을 했었다.

여전히 그 생각에는 변함이 없지만, 나는 좋은 작품을 보면, (예를
들어 트레이시 에민Tracy Emin의 유명한 침대 작품을 보았을 때,
솔직히 그 작품을 보자마자 '아…… 예술이다. 이것이 진정한
예술이지. 멋지다!'라고 생각할 사람이 몇이나 될까?) 그 작품의 좋고
싫음을 결정짓기란 단 3초도 걸리지 않지만, 그것에 대해 좀 더 알고
싶은 호기심을 자아내는 것은 '왜 그것을 만들었는가' 하는 작품
바깥의 예술가의 이야기라고 생각된다.

트레이시 에민이 쓴 『Strangeland』를 읽어보기 전에 그녀의 작품을
본 느낌과, 전부는 아니더라도 그녀가 드러내고 싶은 어떠한 삶의
한 부분을 공유한 후에 만난 그 사람의 작품은 훨씬 뜨겁고 깊게
다가왔었다.

나는 예술이란 인생 그 자체라고 믿는다. 내가 어떠한 삶을 살아가고
있는지, 내 마음속 깊은 곳에 어떠한 생각을 갖고 있는지, 어떠한
꿈을 꾸는지, 나는 그것을 이미지 하나로 정리해내는 직업을 갖고
있다고 생각한다. 어쩌면 예술을 하나하나 꼭 해석하려 할 필요는
없을지도 모른다. 하지만 왠지 나는 세상의 수많은 아티스트들의
작품 너머의 삶을 한 번쯤 상상해 보는 것이 왠지 그들의 작품과 삶과
노력을 조금 더 존중해 주는 것이 아닐까 하는 생각이 든다.

#.41

결국

그렇게 될

일들이 있다

시간 흘러도 문득 문득 떠올라 왜 그렇게밖에 될 수
없었는지 이유를 알 수 없는 일들.
깊이 생각해보면 그것들은 모두 다 언제라 해도 삶에
일어날 일들이었다. 너무 일찍 또는 전혀 기대하지 않았던 낯선 날에
일어난 일의 결과를 내 탓으로 돌리며 자책했던 날들의 연속이었다.

하지만 어느 날, 나는 알았다.
그것들 모두 결국은 그렇게 될 일들이었다는 것을.
삶에는 '결국 그렇게 될 일들'도 존재한다는 것을 나는 알았다.

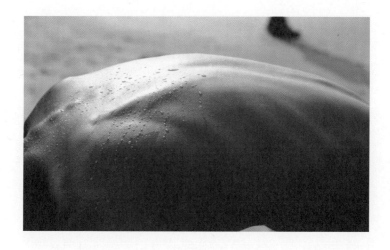

#.42

한 곳에

모인

똑같은 사람들

나의 가족이자 가장 가까운 친구, 나보다 한 살 어린
사촌동생 뚱이가 군대에 가는 날이다. 논산 훈련소라는
낯선 곳에 가게 된 동생을 배웅하기 위해 인터뷰 일정까지
미루었다. 이모와 뚱이, 나와 우리 엄마 이렇게 넷이서 차를 타고 아침
일찍 논산 훈련소로 향했다.
평소에도 늘 이리저리로 바쁘셨던 이모. 겉보기에는 뚱이에게 조금은
무심한 것처럼 보였던 이모가 새벽부터 일어나 유부초밥을 싸오셨다.
배고플 테니 많이들 먹어두라며 열심히 챙겨주셨다.

이모는 뉴저지에서 나와 동갑내기 사촌 연주가 유학하는 내내
혼자서 돌봐주셨을 만큼 그 누구보다 교육에 열정적인 사람이었다.
여전히 우스갯소리로 연주와 나는 자주 뉴저지에서 유학했던 시절을
이야기하며 배를 잡고 웃곤 하는데, 이모가 집을 비우실 때면 컴퓨터도
실컷 하고, 텔레비전도 맘껏 보고, 침대에 누워 낮잠을 잤다. 그러다
이모가 집에 들어오시는 발소리가 들리면 하던 일을 1초 만에 모두
정지하고, 이불을 머리 끝까지 덮은 채 깊게 잠든 척하곤 했었다. 그럴
때면 이모는 우리에게 "어서 일어나! 공부해야지. 이럴려고 미국에 온
거니?" 호통을 치시곤 하셨다.
기숙사에서 생활했던 뚱이도 방학 때 뉴저지 집에 쉬러 나올 때면
예외는 아니었다. 생각해보면, 이모의 그 무섭고도 정겨운 잔소리
덕에 연주와 뚱이 그리고 나도 모두 잘 자란 것 같아 감사하다.

뚱이와 나는 뉴욕에서 두 달 정도 함께 생활한 적이 있다. 뚱이가
뉴욕에 있는 회사에서 인턴을 했던 시절이었는데, 무남독녀로 자라
한번도 '동생'이라는 존재가 없었던 나는 겨우 한 살 어린 뚱이를
아주 어린 동생 취급을 하며 하나하나 챙겨주었다. 매일 이런저런
요리를 해서 배터지게 먹이고, 간식을 챙겨주고 하는 모든 것들이
귀찮기는커녕 무지 신났었다.
붉게 물든 낙엽이 우수수 떨어지던 뉴욕의 어느 가을 날, 집
앞에 나가 뚱이와 함께 산책을 하며 서로의 꿈과 미래에 대해,
고분고투하며 살아내고 있는 서로의 삶에 대해, 20대의 사랑이란
것에 대해 쉴 새 없이 재잘재잘거렸던 기억도 난다.

분위기가 무거워지는 것을 싫어하는 우리는 차 안에서 가벼운
농담들을 건네고, 중간에 휴게소에 들러 커피도 사 마시면서 즐겁게
논산 훈련소까지 함께했다.
도착하자마자 모자를 벗고 운동장으로 집합하라는 방송에 뚱이는
허겁지겁 모자를 벗고 운동장을 향해 뛰어 내려갔다. 이모와 우리
엄마, 나와 그렇다 할 인사도 나누지 못했는데, 뛰어가면서 뚱이가
마지막으로 했던 말은 "갔다 올게!" 네 글자였다.
선글라스를 쓰고 있었던 나는 그때부터 눈물이 흐르기 시작했다.
어차피 다시 못 만날 사이도 아닌데 주책 맞게 왠 눈물이람. 어차피
우리는 지금껏 만났다 헤어지길 늘 반복하는 그런 삶을 살아왔는데

말이다. 내가 열다섯 살 때 부모님과 떨어져 처음 미국에 가던 날
공항에서 흘렸던 눈물이 생각났다. 누군가와 헤어진다는 것은 '안녕'
하고 다음을 기약해야 한다. 이 사실은 아무리 겪어도 그 인사를
나눌 때마다 단 한 번도 편안했던 적이 없다. 슬픈 순간이든 행복한
순간이든 시간이 지나도 가슴 속에 깊이 남을 것 같은 그런 순간을
느낄 때가 있다. 나에게 있어 뚱이가 입대했던 날은 그런 날들 중
하나였다. 머리를 빡빡 깎아 똑같아 보이는 사람들 사이에서 이모와
나는 열심히 뚱이를 찾았다.

가족이라는 이름 안에서 우리가 함께 웃고 울었던 셀 수 없이
많은 아름다운 기억이 모두 모이고 모여서 헤어짐 앞에 아쉬움이
만들어지고, 그 아쉬움 속에 다시 만날 날에 대한 그리움이 생겨난다.
휴가 때 만날 뚱이에게 꼭 얘기하고 싶다.

"야! 너 그날 울 것 같아서 일부러 뛰어간 거지?"라고.

안 되는 날이 있어서

되는 날이 있는 거라고

인생에는 눈에 보이지 않는 어떠한 흐름이 있다는 생각을 해본다. 그 흐름은 절대 눈으로 볼 수는 없지만, 마음으로 느낄 수는 있다. 아무리 노력해도 노력의 대가가 생각처럼 만족스럽지 못한 때도 있고, 반대로 그다지 노력한 것 같지 않은데 예상치 못한 결과가 나타난 때도 있지 않던가.

결코 눈으로는 볼 수 없는 오르락내리락 하는 삶의 흐름에 무조건 온몸으로 맞서 싸우기보단, 그저 파도에 몸을 맡기고 서핑을 하듯이 튜브에 앉아 파도의 높낮이를 느끼는 기분으로 그렇게 살고 싶다.

슬픈 날, 나쁜 날이 존재하지 않으면, 기쁜 일인지 행복한 일인지 알 수 없지 않을까. 아무리 애를 써도 내 마음처럼 안 되는 그런 날이 있기에 또 내 뜻대로 되는 날을 행복해 할 수 있는 것 같다. 여전히 사람 산다는 게 하나부터 열까지 다 미스터리기는 하지만, 제일 커다란 힌트 하나를 얻은 것 같아 오늘이 참 즐겁다.

#.44

마음에 드는

짝꿍

"초등학교를 처음 입학해서 선생님이 '자, 너는 이제 얘랑

　　　짝이야.'라고 정해주시면 그 친구가 내 짝이려니 하고

　　　당연하게 받아들였던 것처럼, 그렇게 처음부터 내 짝이 딱

한 명 정해져 있다면 얼마나 좋을까? 그럼 난 그 사람한테만 잘해줄

텐데……."

이 말을 들은 내 친구들은 말했다.

"만약 짝이 맘에 안 드는 애면 넌 결국 울고불고 난리 쳐서 어떻게든

짝을 바꾸고 말걸?"

#.45

힘이 들 때면

나는 늘

혼자서

그저 조용히 외쳐 보았다.
"힘들어. 그렇지만 나는 꿋꿋하게 살아갈 거야.
괜찮아. 울지 마 수린아.
너는 잘해왔고, 앞으로도 잘할 수 있어."라고.

#.46

나는 사실,

네가 너무

신기해

친구 중에 프레이라는 친구가 있다. 프레이는 데이비드
보위를 닮은 얼굴에 빨간 머리를 가졌고, 아주 하얀
피부와 깡마른 몸에 키가 큰, 나와 동갑내기 모델이었다.
프레이는 내 작품을 위해 자주 모델을 해주곤 했는데, 가벼워 보이는
겉모습과는 다르게 책을 좋아하는 친구여서인지 꽤 깊이가 있는
아이였다. 그는 어렸을 때 엄마 아빠가 히피 같은 삶을 살았다고 했다.
자신이 아주 어렸을 때, 부모님과 정착할 집 없이 차로 이곳저곳을
떠돌아 다녔다고 한다. 프레이가 현재 살아가는 생활 방식만 보아도
우리가 얼마나 서로 다른 삶을 살아왔는지, 또 살고 있는지 신기하게
느껴지곤 했는데, 그런 그의 모습을 보며 나는 내가 살아보지 못한,
그리고 앞으로도 살아보지 못할 그런 테두리 없는 자유로운 삶에
대한 묘한 대리만족을 느끼곤 했다.
나는 항상 더 나은 미래를 위해 현재는 불행해도 되는 거라고, 내가
꿈꾸는 멋진 삶에 더 가까이 가기 위해 늘 목표를 정해놓고 계획적인
삶을 사는 것이 삶의 옳은 방식이라고만 당연하게 생각했었는데,
프레이는 그렇지 않았다. 그는 돈, 명예, 현재의 삶, 그 무엇에도 구속
받지 않았다.
"유럽에 여행을 가고 싶어." 하면, 그냥 바로 유럽 여행을 떠났다.
여행을 떠나기 위해 어떠한 계획을 수정하거나, 여행에 가서 필요한
돈을 모은다거나, 여행지에서 잘 곳을 미리 찾아 예약을 한다거나
하는 행동은 하지 않았다. 차비만 있으면 그냥 가고 싶은 곳으로

무작정 떠나버렸다.

"대체 어떻게 그래?"
프레이의 이야기를 듣다 보면 내가 제일 자주 하는 말이었다. 무작정
떠나고 보면 결국 어떻게든 잘 곳이 생기고, 돈도 어디선가 벌게
되고, 돈이 없으면 없는 대로 모든 것들이 가능하다고 했다. 그것을
막고 있는 것은 두려움일 뿐, 두려움이 없으면 삶은 또 그런대로 다
흘러가게 되어 있다고.
프레이와 이야기를 나눌 때 마지막에 나는 늘 똑같은 말을 한다.
"나는 사실 네가 이해가 잘 안 돼. 신기해. 난 그렇게 못할 거야.
그리고 난 있지, 그런 네가 사실은 너무너무 부러워……."라고.

#.47

Beautiful

and

Damned

비가 축축하게 내리는 밤. 나는 세상에 존재하지만 보이지
않는 어떠한 '기준'에 대해서 고민하고 있다. 그 보이지도
않고 아주 애매모호한 수많은 기준들이 사랑을 하고 싶어
했던 내 마음을 제자리에 되돌려 놓고, 그 자리에 자국을 남긴다.

스콧 피츠제럴드의 『아름답고도 저주받은 사람들』을 좋아한다고,
세상에서 제일 평범한 사람을 만나 가장 평범한 사랑을 하는 것이
꿈이라고 이야기했던 나에게 "너무나 평범하지 않아서 특별한 예술을
할 수 있는 축복과 재능을 가졌지만, 동시에 평범할 수는 없는 저주를
받았다."라던 그 말.

그래도 그나마 다행인 건 가슴보다는 머리가 앞서는 사람이라서
나는, 이번에도 또 제자리를 찾아 뚜벅뚜벅 혼자 되돌아온다.
슬프고 외롭지만, 아주 씩씩하게. 늘 그랬듯.

#.48

내게 날아온

편지 한 통

김수린 언니에게.

언니 안녕하세요. 작년 이맘때즈음에 언니에게 처음
이메일을 썼던 거 같은데 기억하세요? 강아지 3마리가
모델이라고 하면서 언니가 저의 뮤즈라고 썼었는데 사실 그 날
잠도 못 잤어요. 저는 연예인을 좋아해 본 적이 없어서 누군가에게
메일을 쓴다거나 한 건 언니가 처음이었어요. '답장은 오려나. 아니야,
생각하지 말자. 그냥 잠이나 자자 얼른! 아니야, 그래도 답장 올
수도 있으니까 기다려 볼까? 내가 이메일 보내서 언니 신경 쓰이게
한 건 아닐까.' 이런저런 생각에 잠도 설쳤어요. 그러다 밤을 꼴딱
새버렸는데 갑자기 울리는 알림 소리에 핸드폰을 보니 답장이 온
거예요! 답장 왔다는 사실에 너무 기뻐서 하루 종일 그 편지를
주구장창 계속 읽고 또 읽었어요. 답 메일을 보내고 싶었지만, 꾹 참고
지내다 보니 벌써 일 년이 지났네요.

그때 쓴 제 고민은 아직까지도 가장 큰 고민이에요. 아직 18살밖에
안되었지만, 저희 집이 옛날부터 가난하게 살아와서 그런지 살아갈 게
막막해요. 아버지는 암이 전이되셔서 몇 주 전에 수술을 또 하셨는데
다행히 잘되어서 바로 퇴원하셨어요.

며칠 전에는 아이스크림집 아르바이트를 하다가 잘렸어요. 제가
피자집 아르바이트도 같이 하고 있는데 급히 제가 필요할 때 시간이
맞지 않아 쓰지 못한다고요. 다시 구하고는 있는데 미성년자 써주는
곳이 많지가 않아서 구하기가 어렵네요. 그래도 다시 생기게 되겠죠?

그랬으면 좋겠어요. 다시 아르바이트를 구하게 된다면, 엄마 용돈 드리고, 남은 돈은 저축을 하려고 해요. 나중에 자취를 하려는 이유도 있지만, 스무 살 되자마자 일단 국내여행을 가장 하고 싶거든요. 오직 카메라랑 둘이서만 가는! 마음에 드는 모델도 찾고 국내가 끝나면 뉴욕과 파리, 스위스도 가보고 싶어요.

아, 대학은 못 갈 것 같아요. 가서 사진을 더 배우고 싶지만 저희 집은 그럴 돈도 없고, 음…… 또 생각이 많아지네요. 그래도 저는 평생 아르바이트만 하다 인생을 끝내게 되더라도, 남들처럼 명품백, 지갑, 옷, 향수를 못 쓰게 되어도 사진을 하고 싶어요. 이런 저를 보고 엄마는 사진이 웬수다, 대학은 나와야 하지 않겠느냐며 '그 놈의 사진'이라고 절 보면 한숨만 내쉬다가 이제는 좀 포기하셨는지 그냥 그러려니 하세요. 하지만 조금 더 생각해보니 역시 고등학교까지는 다니려고 해요. 학교도 아쉽지만 친구들이 가장 아쉽거든요. 이래봬도 애들 사이에선 인기가 좀 있어요. 근데 제 성격이 좀 많이 솔직하고 직설적이라 상처받는 애들도 몇 있지요. 미안해라.

아무튼 저는 영원히 사진만 하고 싶어요. 만약 제가 사진으로 직업을 갖게 된다면 저도 책을 내고 싶어요. 언니가 쓴 책보다는 못하겠지만, 제 이야기도 쓰고 싶고, 제 사진과 이야기를 본 누군가가 또 꿈꿀 수 있게 되면 좋겠어요. 그러려면 저도 노력 되게 많이 해야겠죠? 사진 공부를 하고 싶지만, 책을 살 돈이 없어서 인터넷으로 사람들이 올린 게시글 보면서 공부하고 있어요. 근데 정보가 많이 없어서 아쉽네요.

만약 저희 집에 여유가 좀 생긴다면, 지금부터라도 공부를 하고
싶어요. 그렇지만 지금은 안 되니까 또 아르바이트를 열심히 해서
사진 공부를 하려고 해요.
언니 생일 축하드리려고 쓴 이메일인데 제 고민만 늘어놓게 되네요.
너무 죄송해요, 언니. 끝내면서 하고 싶은 말은, 제가 지금 하고 있는
고민이 전부 풀리고, 언니의 고민도 전부 풀렸으면 좋겠어요! 그리고
언니가 앞으로 더 좋은 사람들을 만나고 행복하셨으면 좋겠어요.
정말로요. 생일 축하드려요. 언니! 제게 『청춘을 찍는 뉴요커』란 책을
읽게 해줄 기회를 주셔서 고마워요. 행복하세요!"

열여덟 살 소녀에게 나는 모두 다 괜찮아질 거라고
모든 꿈들이 이루어질 거라고
이야기해줄 수는 없었지만,
적어도 소녀의 눈에 꿈꾸는 모든 것들을
다 이룬 것 같아 보이는 나 역시
많이 외롭고 힘들었다고 말해주고 싶었다.
우리는 누구나 똑같은 삶의 무게들과
고분고투하며 살아가고 있고,
결코 혼자가 아니라고,
그러니 끝까지 포기하지 않는 사람이
승자가 아니겠냐고 이야기해주고 싶었다.

무언가를 간절하게 소망하면 삶은
결국 그 방향으로 흘러가게 되는 것 같으니,
씩씩하게 힘을 내야 한다고.
언제나 응원할게요. 당신의 간절한 꿈을 위해.

#.49

불확실한 채로

남겨진

희망들

매번 편지에 하고 싶은 말을 다 써야지, 꼭 다 써 내려
가봐야지 하고선, 결국 가장 하고 싶은 말들은 늘 가장
깊숙한 곳에 아껴 놓는다.
나는 항상 뭐든 그렇다. 제일 하고 싶은 말은 하지 않고, 가장
보여주고 싶은 마음은 보여주지 않는다.
남겨놓는다. 불확실한 채로 남겨진 그 희망들이 향기로워서.

#.50

아무것도

하지 않아도

그냥

좋은 순간

비비와 나는 길거리에 있는 음식점 테이블에 앉아
곱창구이를 먹었다. 비비는 오늘 나에게, 특별히 뭔가를
하지 않아도 그냥 같이 있는 것만으로도 좋다고 했다.
그리고 내가 옆에 있다는 것만으로도 힘이 된다고 해주었다. 같은
영화도 나랑 보면 더 재미있고, 신난다고 한다. 나는 마음이
따뜻해졌다. 누군가 나로 인해 그런 생각을 한다는 게 참 행복하다는
생각이 들었다.
지난날, 내가 사랑이라 믿고 사랑을 주었던 사람들은 나를 만나면서
그런 생각을 했을까? 짧았던 내 마음이라도 그 순간만큼은 늘
진실했던 나였으니, 그래도 그때 그 시간들만큼은 나로 인해
그 사람들도 그랬으면 좋겠다.
생각해보니 인생의 사랑은 단 한 번뿐이라고, 하나를 뺀 나머지는
그냥 아무것도 아니라고 믿고 싶었는데 아닌 것 같다. 누군가 날
'나머지'라고 생각한다면 얼마나 슬플까.
'사랑' 하나와, '사랑1, 사랑2, 사랑3, 사랑4'라고 이름 지어야겠다.

#.51

나를 사랑은 해도,

덜 사랑할 거면서

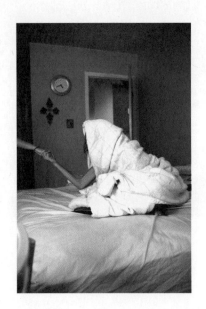

엄마는 있는 그대로 나를 사랑한다고 말했다.

내가 어떤 사람을 만나든,

어떤 삶을 살든 나를 응원해주고,

있는 그대로 믿어줄 거라고 이야기해주신다.

하지만 그 말은 진짜가 아닐지도 모른다.

정말 윤종신의 노래처럼,

'본능적으로' 내가 끌리는 남자인데

그가 3일 안 감은 것 같은 떡진 머리를 하고

자동차 대신 자전거 뒷자리에 나를 태우러 왔다면,

나는 분명 그를 '덜' 사랑하게 될 것 같다.

그래. 사랑은 하겠지만…….

내가 아무것도 구애 받지 않고,

세상에 나란 사람을 낳아 키워준

그 큰 사랑에 대한 책임감 따위는

하나도 느끼지 못하고,

그저 마음이 가는 대로

내 마음대로 살아버린다면,

분명 엄마도 지금보다는 나를 덜 사랑하시겠지.

가끔은 그게 나를 슬프게 한다.

#.52

이 노래를

알아차린다면

당장이라도

5월. 여름을 앞두고 춥지도 덥지도 않은 살랑거리는 바람이
불던 밤이었다. 금요일 밤을 맞아 옷장에서 가장 예쁜 옷을
입고 맥주를 마시러 릴리의 친한 친구, 제레미의 집에 초대
받아 놀러 간 적이 있었다.
제레미는 유럽에서 건너온 갈색 머리에, 슈트가 꽤나 잘 어울리는
사업가였다. 그는 메디슨 에비뉴의 펜트하우스에서 부모님과 살고

있었는데, 저녁 시간에 놀러 온 우리들을 밝은 얼굴로 맞아주시던 어머니는 한 눈에 보아도 유럽의 귀족 같은 느낌을 풍기는 멋진 여성이었다.

제레미의 이름 모를 친구들 여럿과 함께 달빛이 깊어지도록 음악을 틀어놓고 이런저런 이야기를 즐겁게 나누었다. 스테레오에서 흘러나오는 노래에 맞춰 우리의 대화 주제가 달라지곤 했는데, 흘러나오는 사랑 노래 때문인지 제레미는 자신의 헤어진 여자 친구 이야기를 하기 시작했다. 구슬픈 눈으로 여전히 그녀를 너무나 사랑하고 있지만, 아무리 노력해도 서로 맞춰갈 수 없는 부분들이 존재해서 더 이상 관계를 유지할 수 없었다고 했다. 지나간 여자 친구 이야기를 지겹도록 하는 것을 이해해달라며 슬퍼했다. 난 그저 웃으며 "괜찮아, 계속해."라고 이야기하며 그의 이야기에 귀 기울일 뿐이었다.

라디오에서는 딘 마틴Dean Martin의 〈Dream of you〉라는 노래가 흘러나왔다.
"이 노래는 내가 가장 좋아하는 노래야. 오래된 노랜데, 사실 요즘 사람들은 이 노래를 아는 사람들이 많지 않지. 나는 누군가 처음 만났을 때, 그 여자가 이 노래를 알아차린다면 다음 날 당장이라도 그 여자와 결혼을 할 거야. 말도 안 되는 소리 같지? 하지만 정말이야. 두고 봐 이 노래를 아는 운명의 여자를 찾아내고 말 거니까."

반짝이는 많은 것들에 둘러싸인 메디슨 에비뉴의 대저택에 사는
잘생긴 유러피언 사업가, 제레미의 슬프고도 희망찬 눈이 여전히
생생하게 기억이 난다. 그날은 마치 우리가 얼마나 많은 것들을
이루고 가졌는지와는 별개로 아주 작은 우연을 기대하며, 사소하고
작은 사랑의 퍼즐 조각들이 알맞은 타이밍에 맞춰지기를 바라며
살아가고 있는지를 생각하게 만들었다.

집으로 돌아오는 길, 화려한 불빛들은 마치 언제 그랬던 적이
있었냐는 듯 고요해졌고, 내 머리카락을 스치는 바람은 여전히 내
마음을 설레고 들뜨게 만들었다.
별 것 없는 그날 저녁의 풍경과 흘러나오던 노래, 또 그 온도가 내
마음에 사진처럼 찍혀 영원히 기억될 것이라는 것을 나는 알고 있었다.

#.53

나는 내가

그렇게

살 수 있을 줄

알았다

예술을 공부하고, 사진작가로 살아가면서 수많은 사람을
만나고, 다른 사람들과의 만남을 통해서도 내가 미처
몰랐던 나의 모습을 많이 발견할 수 있었다. 사람의
삶이라는 것은 어쩌면 혼자일 때보다 누군가와 더불어 살아가고
때로는 부딪히기도 하면서 새로운 자신을 알게 되는 것이 아닐까.

20대 초반, 한창 첫 책을 집필하고 펴냈던 때, 아마 그 나이에는
누구나 그렇겠지만 나 역시 내가 접하는 모든 것들을 끊임없이
흡수하고 무섭게 받아들이던 때였다. 쉽게 영향을 받고, 흔들리고
유혹도 받았지만, 반대로 또 어떤 면에서는 나 자신은 바뀌지 않을
것이라 확신했던 단단한 고집도 있었던 것 같다. 그때는 마음이
자유롭고 가난한 예술가들과 자주 어울렸다. 그런 삶을 동경했고,
나도 그렇게 살고 싶었으니까.
"나는 물 같은 사람이라 그 어떤 상황에도 잘 스며들 수 있지만,
그렇다고 내 몸을 전부 담그지는 못해. 지금까지 항상 그랬고,
앞으로도 그럴 거야……."

나는 내가 추운 작업실에서 부스스한 머리를 하고 허름한 추리닝을
입은 채, 밤낮으로 예술에만 빠져 사는 그런 삶을 살 수 있을 줄
알았다. 내가 떠나고 싶으면 어디로든 훌쩍 떠나고, 즉흥적으로 삶을
추구하면서 말이다.

예술을 제외하고는 돈도, 명예도, 가족도, 사랑도 언제나 내게 첫째는
될 수 없는 외롭고도 고독한, 하지만 그 누구보다 자유롭고 뜨거운
그런 삶을 꿈꾸었다. 그래서 주위 사람들 역시 그런 삶을 추구하고
살아가고 있는 사람들과 어울리려고 했다. 하지만 그 안에서 나는 늘
무언가가 부자연스럽고, 힘겨웠으며 두려웠다. 그렇게 살기에는 내
인생에서 지키고 싶은 것들, 실망시키고 싶지 않은 사람들과 내가
나 자신과 예술을 사랑하는 것만큼 사랑하는 사람들이 너무 많았다.
게다가 나는 즉흥적인 삶보다는 좀 더 정돈된 삶이 어울리고 그것이
더 편한 사람이라는 것도 알게 되었다.
행복의 가치를 어디에 두었을 때 진정으로 행복한지를 정확하게
알아야 자신이 원하는 삶을 살아갈 수 있다.
내가 꿈을 꾸고, 목표를 갖고 살아가는 이유는 눈으로는 볼 수 없는
무언가를 꿈꾸며 살아가는 삶이 더 행복하다는 것을 알기 때문이다.
행복해지기 위해서는 무엇을 어떻게 해야 행복한지 직접 겪어봐야
하지만, 그에 못지않게 용기라는 것이 필요하지 않나 싶다. 진짜
자신의 모습을 인정할 줄 아는 용기. 그것이 어쩌면 자기 자신이
꿈꾸고 바라던 미래의 자신의 모습과는 많이 다를지도 모른다. 나
역시 그랬으니까.

20대 초반, 반고흐처럼 나는 언제나 가난한 예술가를 꿈꿨었다.

#.54

아낌없이

주는

나무가

좋은 이유

아낌없이 주는 나무가 좋은 이유는
아낌없이 모든 걸 주어서가 아니라,
그냥 늘 똑같은 자리에 있어준다는 그 사실 때문.

\#.55

모든 것들을

운명에 맡기지는

않으려고

유치원부터 고등학교까지 나는 모두 미션스쿨에 다녔다.

아련한 기억이지만, 유치원에 다닐 때도 식사 전에 항상

기도를 했고, 초등학교 때는 토요일마다 〈키 작은 삭개오〉

찬송가를 불렀으며, 중·고등학교 때는 5년 내내 매일 울면서 성경을
공부해야 했다. 그래서인지 종교라는 것은 사실 내게 어떠한 계기를
통해서가 아닌, 기도를 하고 신의 존재를 믿는다는 것이 삶에 너무나
자연스럽게 흡수되어 버렸다고 해야 할까? 지긋지긋하게 싫어했던
종교 공부였지만, 참 아이러니하게도 여전히 나는 자기 전에 기도로
하루를 마무리한다.

사실 고백하건대, 나는 한때 점보는 것을 그 누구보다도 좋아하는
사람이었다. 친구들과 만나면 매일 사주 카페에 들러서 운세며,
타로며 가리지 않고 내 운명을 점쳐 보았고, 내 앞의 미래가 궁금하면
가끔씩은 혼자서 점을 보러 갈 때도 있었다.
대체 뭐가 그리 두렵고 궁금했던 건지, 일이 잘 풀릴 때면 잘 풀리는
대로 앞으로 다가올 미래를 걱정하며 점쟁이에게 다가올 미래를
물었고, 남자 친구가 있으면 있는 대로 그 사랑이 얼마나 갈 수
있는지를 묻고, 없으면 없는 대로 정말 진정한 사랑은 어디 있는
거냐며 점쟁이를 찾아갔다.
여전히 내 친구들 사이에서는 이 이야기가 우스갯소리로 통한다. 어딜
가서 점을 보든지 점쟁이들은 내게 2010년에 진정한 인생의 동반자가

나타날 것이라 이야길 했었다. 어찌나 2010년을 기대하고 고대했던지,
내 주위 사람들이라면 내가 마치 그해에 만나게 되는 사람과
결혼이라도 하게 될 것처럼 생각했었다.

그런데 결과는? 2010년에는 내 인생에 꽤나 많은 사람들에게 사랑을
받기는 했던 것 같다. 의아할 만큼 스쳐지나가는 인연도 많았다.
그 중에 내가 내 인생의 반쪽을 만났느냐고? 당연하지만 대답은
'NO'이다.

"2010년에 당신은 인생의 동반자가 될 만큼 중요한 사람을 만나서
사랑을 하게 될 거예요."

그 말을 듣고 난 후 2010년 1월이 땡 하자마자, 내 인생에 누군가가
나타날 때마다 '혹시 이 사람인가?'라는 생각을 떨쳐 버릴 수 없었다.
하지만 또 다른 누군가가 나타나면 그 사람 역시 '내 인생의 운명의
동반자'일 수도 있을 것이라는 가능성을 열어 두었다. 그렇게 매번
'혹시 이 사람인가?' 하다가 2010년이 훌쩍 지나가버리고 나서 보니
인생의 동반자는커녕, 제대로 된 사랑도 한 번 해보지 못한 채 1년을
흘려 보내고 말았다.

참 우스운 계기지만, 난 그 이후로 점은 사주건, 뭐건 그 어떤 것도
믿지 않는다. 그저 운명은 내 힘으로 개척하는 것, 사랑은 사랑할
때가 되면 자연스럽게 누군가가 내 삶 속에 찾아 들어오고, 그러다가
또 헤어질 수도 있는 거라고 믿게 되었다. 또 내가 생각하는 것보다

사람의 인생은 훨씬 복잡하고 한 치 앞도 예측할 수 없는 것이라고. 사진작가로 살아가면서도 그렇다. 별 노력을 하지 않았는데도 사진이 정말 잘 찍히는 날이 있고, 아무리 노력해도 마음에 안 드는 날도 있는 법이다. 사람과의 인연도 역시 아무리 노력해도 인연이 닿지 않는 사람이 있고, 때로는 생각지도 못한 누군가가 내 삶에 불쑥 들어오기도 하지 않던가.

항상 좋은 생각, 착한 생각을 하고, 무얼 하든 열심히 최선을 다하고, 누구를 만나든 진심으로 대하고, 가진 것에 감사하며 내가 가진 것을 나누고 베푸는 마음으로 살아야지. 그냥 그렇게 살다 보면 결국 모든 것들이 해피엔딩이지 않을까.

#.56

천문대에서 별을 보며

꿈꾸었던 밤

10년 전, 내가 열일곱 살 때는 한창 꿈도 많았고, 세상에
두려운 것이 없었다. 정말 그때 나는 유난스러울 만큼 꿈에
모든 걸 올인한 아이였다. 꿈이라는 녀석이 나를 향해 어서
힘을 내 달려오라고 손짓하는 것만 같았다.
아침 6시에 일어나 학교에 가는 길에도 늘 내 앞에 다가올 찬란한
미래를 꿈꾸었고, 하루빨리 어른이 되어 내가 하고 싶은 사진을
마음껏 찍는 '사진작가'로 살아갈 날들을 꿈꾸었던 것이 여전히
선명하게 기억이 난다.

여름 방학을 맞아 한국에 귀국한 나는 인터넷을 통해 '동강
사진축제'라는 행사가 있다는 사실을 알게 되었다.
유명한 사진작가들의 사진 강의를 들을 수 있는 프로그램이었는데,
참가하려면 대학생이거나, 대학생 이상의 나이이어야 한다는 조건이
있어서 나는 해당조건이 되지 않았다. 하지만 나는 꼭 참가하고
싶었다. 내가 찍은 사진들을 보여주고 인정받고 싶은 욕심도 있었고,
낯선 곳에서 새로운 사람들을 만나 색다른 경험을 하고 싶은 마음도
컸다.
결국 나는 어찌어찌하여 참여하게 되었다. 축제가 열리는 동강까지
아빠가 데려다 주셨는데, 아빠는 대학생들과 다 큰 어른들 사이에
나를 두고 가는 것이 마음이 놓이지 않으셨는지, 차에서 내려 이 사람
저 사람에게 나를 잘 좀 돌봐달라며 부탁하시고는 무거운 발걸음을

겨우 옮겨 차에 오르셨다.

그곳에서 하루 종일 수업을 듣고, 밤이 되면 대학생들과 어른들은 테니스 코트에 모여 모닥불을 피워놓고 기타를 치며 술을 마시고 게임을 했다. 하지만 나는 미성년자였기 때문에 술을 마실 수 없는 나이였고, 하지 말아야 하는 일에 대해선 어긋나고 싶지 않다고 생각하는 꽤나 고지식한 청소년이었기 때문에 방에 혼자 남아 SAT문제집을 풀고 단어를 외웠었다.

그런 내 방에 먼저 찾아와 어린 나를 먼저 챙겨주던 언니가 한 명 있었는데, 이름은 수진이었다. 언니는 중앙대학교 사진학과에 재학 중이라고 자신을 먼저 소개했다. (지금은 연락이 끊겼는데, 여전히 언니의 소식이 궁금하고, 시간이 이렇게나 흘렀는데도 그때 잘 챙겨주었던 마음에 고마움을 전하고 싶다.)

수진이 언니는 내게 자기의 친한 학교 선배라며 누군가를 또 인사시켜 주었다. 그렇게 우리 셋은 한밤중에 천문대에 올라갔다. 깜깜한 밤, 천문대는 닫혀 있었지만, 밤하늘의 별을 보며 이런저런 이야기들을 나누었다. 다음 날에도, 그다음 날에도, 나름 친해진 언니와 오빠에게 나는 내가 찍은 사진들을 보여주며 어린 나의 사진세계(?)에 대해서 열심히 설명도 했다.

그렇게 시간은 유유히 흐르고, 나는 성인이 되었다. 사진을 찍으러 파리에 출장을 갔던 어느 해 여름, 파리의 유명 편집샵

콜레트Colette에 들러 이런저런 예술 서적들을 구경하는데, 사진 서적
중에 정말 유명한 네덜란드 사진 잡지, 《Foam Magazine》을 보게
되었다. 그런데 이 잡지 맨 앞 장에 왠지 낯이 익은 한국 이름이
보였다.

'LEE MYUNG HO, 이명호'

내가 열일곱 살, 어린 나를 천문대에 데려가 주고 사진에 대해서 맑은
이야기를 해주며 잘 챙겨주었던, 잊지 못할 고마웠던 그 사람이었던
것이다. 파리에서 발견한 그 이름이 너무나 반가웠고, 한편으로는
자랑스러웠다. 내가 청소년에서 20대 초반 성인이 되는 동안,
명호오빠는 세계적으로 주목 받는 멋진 사진작가가 되어 있었다.
왠지 모를 동질감에 가슴이 뜨거워졌다.
동강의 밤하늘에 별들이 반짝였던 밤. 낯설고 두려웠지만, 그만큼
설레었던 수많은 밤이 지나고 쌓여, 지금의 내 모습이 되었다. 그렇게
인생이란 앞으로도 내가 생각지도 못하는 모습으로 계속해서
무궁무진하게 펼쳐질 것이다. 그래서 나는 내 삶을 온 마음 다해
진심으로 늘 사랑하고 싶다.

\#.57

따뜻한 바람처럼

내 앞에, 늘 그 자리에 있는 것들.
서랍 속에 넣어둔 나만 아는 무언가가
심심하거나 쓸쓸할 때 따뜻한 바람처럼 다가와
허전한 마음 한 구석을 다독여준다.
내 마음을 다 이해해주고, 먼저 알아주는 것과는 상관없이,
그냥 한결같이 똑같은 자리에 늘 있어준다는 것,
그래서 그 존재만으로도 충분한 것,
인생에는 설명하기 힘든 그런 것들이 누구에게나 있겠지.

#.58

아마도

'의심'일 거야

내가 가장 좋아하는 영화를 꼽으라면 늘 이야기하는
영화는 키이라 나이틀리 주연의 〈라스트 나잇Last Night〉이다.
이 영화에서 키이라 나이틀리가 첫 번째 책을 실패한 후에
두 번째 책을 섣불리 써 내려가지 못하고 있는 상황이 나오는데, 대사
중에 알렉스에게 그녀가 이런 말을 한다.

"Every word, every choice leads to the next and……. I doubt
every single one I make."
(모든 단어들, 내가 써 내려가는 모든 단어들을 하나하나 의심해.)

사실 나 역시 두 번째 책을 써 내려가는 지금, 그녀의 심정을 너무
잘 알 것 같다. 사실 책에 담고 싶은 이야기는 너무나 많은데, 책을
한 번 써본 경험이 생기고 나니 예전처럼 온전하게 그 순간에 심취해
글을 써 내려가기보다는 끊임없이 내가 쓴 글이 가져올 무언가에 대해
의심하게 되고, 가슴이 떨린다.
사진도 그렇다. '창작'을 하는 모든 일은 같은 맥락일 것이다.
'이게 과연 사랑을 받을 수 있을까?'
'내가 만드는 것이 과연 내 생각처럼 잘 만들어질 수 있을까?' 하고
의심이 시작되면, 나 자신이 아닌 다른 이의 눈을 의식하게 된다. 그
순간, 창작은 온전하게 내 것일 수가 없다. 그래서 어쩌면 예술가들이
자기 자신을 지독하게 사랑하는 가장 이기적인 사람들이라는 말이

나온 것은 아닐까.

예술가에게 가장 중요한 것은 타고난 재능도, 엄청난 배경도,
알맞은 타이밍도 아니다. 그저 언제 끝날지 모르는 길고 긴 깜깜한
터널에서도 길을 잃지 않고 옳은 길로 걸어가고 있다는 자신에 대한
100% 흔들리지 않는 믿음과 자신감이 생명이다.
누군가 내게 말했다.
"너는 정말 재능을 타고 났나 봐."
"잘 모르겠어. 어쩌면 그럴 수도, 아닐 수도 있겠지. 하지만 가장
중요한 건, 누가 뭐래도 나는 내가 그 누구보다 사진을 가장 잘 해낼
수 있는 사람이라고 믿고 있다는 거 아닐까?"

그리고 그러한 믿음은 결국 나를 특별한 예술가로 존재하게 한다.
- 빛으로 당신의 페이지를

#.59

꿈을 꾸는 사람은

결국

그 꿈을

닮아간다

오랜만에 옛날 일기를 꺼내 쭉 읽어 보았다. 2007년,
지금으로부터 6년 전 일기에 이런 글이 쓰여 있었다.

'오늘은 진우가 세인트 마크에 최고로 맛있는 바나나 크림파이를
파는 곳에 데려가 주었다. 그렇게 맛있는 바나나 크림파이는 처음
먹어봤다! 너무 맛있어서 계속 생각이 난다. 바나나 크림파이를
먹고 기분이 좋아진 나는 밤하늘의 별을 보며 기도했다. 진우가
세계적으로 가장 유명한 멋진 디자이너가 되기를. 내가 꾸는 나의
꿈들 역시 모두 이루어져 많은 사람에게 꿈과 희망을 줄 수 있는 멋진
사진작가로 자라나기를.'

그 뒤로 진우와 나는, 각자의 길을 가까이서 때론 멀리서 격려해주며
열심히 걸어왔다. 진우가 이탈리아의 명품 '구찌'로 일하러 가기
이틀 전, 이태원에서 다빈이와 셋이 만났다. 늘 그랬듯이 이런저런
이야기들을 나누면서 서로 잘하고 있다고 칭찬하고, 용기를 돋우며
꿈을 나누었다. (진우나 다빈이 역시 나만큼이나 자신의 분야에서
꽤나 욕심이 많은 꿈 많은 젊은이들이고, 친구로서 참 자랑스럽게도
자신이 속해 있는 분야에서 걸출한 두각을 보여주고 있다.)

오노 요코가 했던 이야기 중에 이런 말도 있지 않은가.

"A dream you dream alone is only a dream.
A dream you dream together is reality."
(혼자 꾸는 꿈은 그저 꿈이지만, 함께 꾸는 꿈은 현실이다.)

내가 굳게 믿고 있는 것들 중 하나는 꿈이나 목표를 종이에 적고,
여러 사람에게 그 꿈 이야기를 하면 할수록 현실이 될 확률이
높아진다는 것이다. 물론 노력이 동반되어야 함은 말할 필요도
없지만, 내가 가진 꿈이 남에게 이야기하기 어색하고 쑥스럽고,
내가 하고 있는 일이 남들에게 창피하다고 생각한다면, 결코 그
꿈은 성공할 수 없다고 말하고 싶다. 꿈은 소문낼수록, 많은 사람과
나누고 공유할수록 더 많은 조언들을 얻을 수 있고, 눈에 보이지 않는
책임감을 부여 받기 때문에 더욱 자신의 목표에 매진하게 될 것이다.
그런 의미에서 나는 얼마나 많은 축복을 받았는가.

아, 나의 사랑스럽고 자랑스러운 친구들이 유난히 그리운 새벽이다.

#.60

그 순간에만

할 수 있는

것들

내가 굉장히 좋아하는 한국 작가 중에 최인호 작가가
있다. 최인호 작가의 『인연』이라는 책에 '가난한 우리들의
유년, 신혼기'라는 글이 있는데, 그가 젊었을 때 단칸방에서
지냈던 가난한 신혼기에 대한 글이다. 그의 이야기를 셀 수도 없이
읽고 또 읽어 내 가슴에 도장처럼 콱 박혀버렸다.

"우리가 아무리 삶의 지리멸렬한 구렁텅이에 빠져 있다 할지라도,
우리가 서로의 체온에 몸을 묻고 함께 걸어갈 수 있다면
누군가 우리를 위해 피아노를 연주하기를 멈추지 않을 것이다."

내가 스스로 내 삶을 책임져야 할 나이가 되니, 배의 돛대를 움직이듯
내 삶의 방향을 스스로 운전할 수 있게 되었다. 그 순간순간마다,
나는 잊지 않는 것이 있었다. 언제나 내가 그 나이에만 할 수 있는
것들, 그 해에만 할 수 있는 것들, 그 순간에만 할 수 있는 것들에
가장 충실하게 살고 싶다고 생각이 바로 그것이다.
19살의 나만 찍을 수 있는 사진이 있고, 20대 초반에만 할 수 있는
연애가 있고, 20대 중반에만 이룰 수 있는 목표들이 있을 것이다.
내 삶의 가장 충실할 수 있는 방법은 내가 20대에 30대가 할 수 있는
사랑을 미리 앞서 나가려고 하지 않는 것이다. 20대의 내가 40대의
노련함을 앞서려고 애쓴다거나, 헛된 소망을 갖지 않고 지금의
나 자신에 가장 충실하게 사는 것이 가장 잘 어울리는 모습이다.

아주 어린 나이부터 사회에 발을 들여놓았던 나는 주로 10살, 20살
이상 나이가 많고 사회적으로 이미 높은 지위를 가지고 있는 화려하고
멋진 사람들을 접할 기회가 많았다. 나를 유혹하는 것들도 참
많았지만, 우습게도 그때마다 최인호 작가의 『인연』이라는 책에서
읽은 구절들을 떠올리곤 했었다.

"한 번 맛을 보면 그 맛을 모른다고 할 수 없지."라는 영화의 대사도
있다. 그 삶의 지침을 아주 자주 떠올린다. 순간순간마다 내 앞에
펼쳐진 것들이 내 나이에, 그리고 그 순간에 나와 잘 조화되어
어울리는 것인지, 너무 앞서나가고 있는 것은 아닌지, 내가 무언가를
보지 못하고 지나가버리는 것은 아닌지 판단하려고 늘 애쓰면서
살았다.

그 나이에만, 그 순간에만 할 수 있는 것들이 있다. 여전히 나는
아직도 삶에서 그런 것들을 찾아내려 애쓰며, 그것들을 될 수 있다면,
하나라도 놓치지 않기 위해 그렇게 충실하게 살아가고 싶다.

#.61

다시

되돌아갈 수

· 없다는 것을

알기에

어쩌면 시간을 되돌릴 수 없다는 것은 너무나 당연한
이치임에 알기에 때때로 지나간 시간은 세상의 그 어떤
것으로도 되돌릴 수 없다는 상념에 빠져든다. 그 상념이
꼬리가 붙잡혀 돌고 돌면, 회오리처럼 끊임없이 요동하는 후회를
걷잡을 수 없을 때가 있다.
그래, 어떤 삶을 살아도 단 한 조각의 후회 없이 산다는 것은 아마도
불가능한 일일 것이다.

\#.62

호도리가

내게 말했다

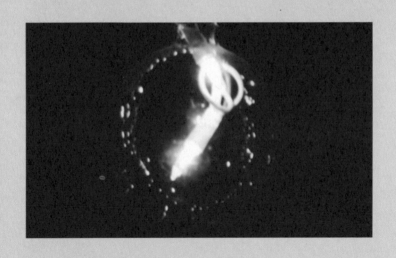

나는 사실 누군가와 진심으로 가까워지기까지 많은 시간이
걸리는 사람이다. 누구든 처음 만나면 어색하지 않게
분위기나 대화를 잘 이끌어가기는 하지만, 꽤나 폐쇄적인
면도 있어서 내가 아닌 다른 사람을 믿고, 그 사람에게 내 진심과
마음을 열어 보이기까지는 정말 긴 시간이 필요하다. 딱히 사람에게
심하게 상처를 받았다거나 배신을 받은 경험으로 그렇게 되었다기
보다는, 그냥 태어날 때부터 나는 그런 사람이었던 것 같다.
누구와도 쉽게 어울려 물장구를 칠 수는 있지만, 누군가의 손을 잡고
함께 바다를 걷기까지는 꽤 오랜 시간이 필요한 사람이 바로 나다.
어쩌면 그 이유는 다른 것이 가지지 못한 '시간이 드는 일'이 가진
영원과의 유사성을 내가 온전하게 믿고 있기 때문일지도 모르겠다.
그런 내가 참으로 좋아하는 몇 안 되는 멘토가 세 명 있다.
친구(?)라고 부르기에는 나이가 나보다 많지만, 사진작가 호도리(난
호도 오빠를 호도리라고 부른다)가 그 중 한 명이다.

호도 오빠는 내가 가나 갤러리에서 개인전을 준비하며 알게 된
사진작가다. 나와는 전혀 다른 작품세계를 가진 사진작가라서 그런지
우리는 서로의 작품에 대해서 자주 토론을 한다. 게다가 호도 오빠는
인생선배이기도 해서 아직 젊은 아티스트인 내가 사진작가로서의
삶을 때때로 불안해하고 조급해 할 때마다 차분한 말투로 나를
다독여 주곤 한다. 호도 오빠가 내게 이런 말을 한 적이 있다.

"수리링(오빠는 나를 수리링이라 부른다), 너는 사진작가로서 KTX에
타 있어. 너무 욕심내서 남보다 빨리 가려고 하지 마. 욕망의 전차에서
뛰어내려야 해. 욕망의 전차에 타 있으면 결국 그 전차가 얼마나
빠른지 몰라서 다치기 마련이거든."
사실 굉장히 뻔한 주제이고 고민이지만, 여자로서의 삶과
아티스트로서의 삶, 이 안에서 여전히 나는 자주 충돌하고 있다.
삶에서 꼭 이루고자 하는 목표가 있는 여성이라면 나 같은 고민을
누구라도 해봤으리라.
꿈과 사랑의 배분을 5:5로 똑같이 잘라 내 마음을 나눠줄 수 있으면
좋으련만 현실은 그럴 수 없을 때가 많지 않은가. '사진'이란 것은 내
인생의 빛이고 나를 살게 하는 원동력이지만, 여자로서의 나는 때때로
사랑에 빠지면 언제 그랬느냐는 듯 나도 모르게 '사진' 앞에 '사랑'이
무릎을 꿇고 만다.

어릴 때는 이별을 하고 훌쩍거리며 눈물을 흘리는 여자들을 한심하게
여겼고, 누군가를 만나 한 남자의 여자로 살고 싶다고 생각하는
종류의 여자들은 꿈도 욕심도 없다고 생각했던 나도 이제는 사랑에
울부짖는 그녀들의 마음을 따라갈 때가 종종 있다. 가끔은 내 인생의
일 순위에 사랑을 두고 싶다고 생각할 때도 많다.
꿈. 여전히 내가 가장 좋아하는 단어임에는 변함이 없다. 꿈은
언제나 나를 숨 쉬게 하고, 나를 가슴 뛰게 한다. 하지만 지금의 나는

생각한다. 세상에는 자기 자신이 가진 꿈과 목표를 위해 뛰어가는
사람들이 너무나 많고, 그것은 온전히 자신을 위한, 자기 자신과만
연관된 일이기에 온몸을 던지는 일이 그다지 어렵지는 않을 것이다.
사실 자신의 삶을 사랑하고 꿈을 향해 노력하며 산다는 것은 당연한
일일지도 모른다. 그런데 다른 사람을 자신보다 더 사랑하고, 자신이
가진 꿈을 포기할 만큼 누군가를 사랑한다는 것은 결코 쉬운 일이
아니다. 그런 생각을 하기 시작한 이후로, 나는 호도 오빠가 내게
말한 '욕망의 전차'에서 뛰어내렸다.

오빠가 얼마 전 안부를 물어왔다. 그리고 난 대답했다.
"오빠, 나 욕망의 전차에서 뛰어내렸잖아요. 이제는 도착지점까지
이런저런 생각하면서 걸어가고 있어요. 때때로 길을 걷다가 누군가를
만나 같이 길가에 핀 꽃도 구경하고, 중간에 도시락도 함께 먹고,
밤하늘의 별을 보기도 하면서 묵묵히 천천히 걸어가고 있어요. 나는,
아주 잘 지내고 있어요. '욕망의 전차'에서 뛰어내린 이후로 훨씬 더."

#.63

매일 밤

나는 거의 매일 밤, 루소의 『에밀』 서문을 떠올리며
잠이 든다.

현명하고 행복하게 살기를 원한다면
사라지지 않은 아름다움 외에는 집착하지 마라.
네게 주어진 조건 안으로 네 욕망을 국한시켜라.
하고 싶은 일보다는 해야 할 일을 먼저 하라.
읽는 법을 배워라.
삶을 관조함으로 초월하는 법을 배워라.
역경 속에서도 견디는 법과, 의무에 충실하는 법을 배워라.
그러면 너는 운명에 지배당하지 않을 것이며 행복할 것이다.
욕망의 파도에 아랑곳없이 평화로울 것이다.
부서지기 쉬운 것을 갖고 있을지언정
깨지지 않을 것이며,
아무것도 소유하지 않음에도 풍족할 것이다.
세론에 지배 받지 않는 너는 언제까지나 자유로울 것이다.
얼마나 많은 사람들이 두려움에 사로잡혀 전전긍긍하는지,
삶이 끝나는 순간 존재하기를 그친다고 생각하는지,
집착의 굴레로부터 빠져 나오지 못하는지.
하지만 삶의 덧없음을 아는 너는
죽는 순간 다시 존재가 시작된다는 것을 알 것이다.

#.64

너는 나에게

너무나 슬프고

아름다워서

사진을 찍는다는 것은 어떤 것을 카메라에 담든 나 자신과
연결되어 있다. 나라는 사람이 무언가를 보고 느끼는
그것을 카메라에 담게 된다. 내가 담고 싶었던 그 찰나의
순간은 셔터를 누르는 사이에, 아니 어쩌면 그것보다 더 빠르게
흘러가버린다. 사진은 언제가 과거가 되어 내 마음에, 나의 필름에,
사진을 보는 이들에게 한 장의 종이로 남게 되고, 그 이미지는 다음
사진에 커다란 영향을 미치게 된다.
언제나 사진은 하나의 이미지가 되어 사진을 찍을 당시의 온전함이
아닌 많은 의미로 해석되고 환원된다. 아득하기도 하고, 때로는
가슴을 쿡쿡 찌르기도 하며, 그럼에도 너무나 사랑하기에 늘 함께 할
수밖에 없는 존재가 되었다.

나에게 가장 어려운 것은 인물사진이다. 당신은 누군가의 피부와 셔츠에 더욱 가까이 가기 위해 애써야 할 것이다.

— 앙리 카르티에 브레송

#.65

요즘

그리고

사진 이야기

요즘 사진을 볼 때면, 나 자신에게 자꾸만 무언가를 강요하는 것 같다.

'이건 엄청나게 철학적이고 어려운 사진인데, 알고 보면 '굉장히' 심오한 사진일 거야. 못 알아보면 너는 바보야.' 이미지를 한 번 더 바라본다. '어?' 하면서 웃거나, '오……' 하면서 궁금해 한다거나, 그렇게 어떤 식으로든 흥미를 가져야 한다고 생각한다.

"사람들이 그것을 이해하도록 하기 위해 뭔가 적당히 양념을 해야 한다"

vs

"예술은 그런 것이 아니니까 그대로 이해 못해도 할 수 없다"

내가 생각하는 어떤 것을 매체로 완성시켰을 때, 다른 사람들이 그 매체에 어떻게 반응하는지를 보고 싶다. 내가 진정 원하는 것은 그 반응이 "와, 대단해요."가 아니라, "이런 느낌을 받았어요.", "사진을 보고 저는 이렇게 표현해봤어요.", "이걸 본 당신들이 이렇게, 저렇게도 반응해요. 저는 그게 좋아요."이다.
예를 들어 어떤 것을 보여줬을 때 저건 어렵고, 뭔가 잘 모르겠다고 반응하게 하는 것이 목적은 아니라고 생각한다. 예술이란 것이 예술가가 아닌 일반인은 쉽게 이해할 수 없는 어떤 다른 뭔가가

있다고 생각하지 않는다. 예를 들어, 아주 좋은 식재료로 무언가를 만들었다고 생각해 보자. 그러나 맛이 없어서 사람들이 먹지 않는다. 그러면 음식을 만든 요리사가 '이게 얼마나 좋은 재료로 만든 대단한 음식인데!' 하고 그 음식을 안 먹는 사람을 비웃을 수가 있을까? 사람들이 참맛을 모른다고 만은 할 수 없다는 것이다.

그런데 여기서 그럼에도 어려운 것은 사람들이 '무조건' 잘 먹게 조미료를 잔뜩 쳐서 모두가 잘 먹을 수 있는 음식을 만들자는 것은 절대 아니다.

예술이란 것은, 삶보다 길다는 말이 그래서 있나 보다.

#.66

나는

이런 생각을

했었구나

예전에 읽었던 『신과의 인터뷰』에 신이 인간에게서 느끼는
가장 어리석은 점이 무엇이냐는 구절이 있었다.

"돈을 벌기 위해 건강을 잃어버리는 것.
그리고는 건강을 되찾기 위해 돈을 잃어버리는 것.
미래를 염려하느라 현재를 놓쳐버리는 것.
그리하여 결국 현재에도 미래를 살지 못하는 것."

매일 똑같이 묻는 질문이지만 현재를 산다는 건 어떤 의미일까.
현재를 충실하게 미련 없이 사는 것이 진정으로 가장 현명한
것이라면, 난 매일 뒹굴거리며 보고 싶은 영화나 책을 보고
지루해지면 파티도 하고, 미래에 대한 걱정 따위는 버려두고, 떠나고
싶으면 어디론가 훌쩍 떠나고, 사랑하고 싶은 모든 사람을 사랑하며
살 것이다.
그럼 점점 책임지기 힘들어지는 내 미래는 대체 누가 보상해줄 수
있을까?

\#.67

결국, 사람은

잘 변하지

않아서

매번, 나는 이랬다.

'아, 이번 전시를 잘해내고 나면 내 인생 이제는 정말 편해질
것 같다. 분명 그럴 거야. 내 인생 전과 후가 확연하게
다를 것이 분명해. 아, 이 남자가 내 남자 친구가 되면 평생 한 명만
사랑하면서 정착해서 행복하게 살 수 있을 것 같아.'

흔해 빠진 청바지 하나를 살 때도 역시 똑같다.
'이 청바지만 사서 입으면 나 다른 바지는 아무것도 필요 없을 것 같아.
진짜 저거 입으면 나 너무 행복해서 저 바지 하나만 계절 내내 입을 수
있을 거야.'
하지만 변하는 건 아무것도 없다. 내 사진은 늘 똑같은 주위를 맴돌고,
그렇게 갖고 싶었던 바지는 너무 많아서 옷장에 어떤 바지가 있는지도
이제는 잘 모른다. 언제나 그 기억들이 꿈틀꿈틀 살아 숨 쉬고 있다.
오래오래, 아주 오랫동안을 작은 것들까지 모두 내 안에서 살고 있다.
그리고 그 기억들이 나에게 무언가를 만들고 싶게 한다.

언젠가 이런 말을 들은 적이 있다.
"사진을 찍는 것이 종이를 멋지게 찢는 일이라면, 그 종이를 똑바로
멋지게 자르기 위해 긴 시간 칼날을 갈고 다듬고, 모양대로 조심조심
잘라야지. 하지만 너는 아무 생각 없이 소주 한 병을 들이키고선
술김에 종이를 손으로 확 찢어. 그런데 내가 오랜 시간 공을 들여

자른 종이보다 슬김에 찢은 네 종이가 좀 더 좋아 보이는 이유는
왜니?"라고.
내가 사용하는 초라해 보이는 작은 카메라가 왠지 내 마음까지
초라하게 만드는 것 같아서 한동안 4x5의 대형카메라를 들고 설쳐
댔던 적이 있었다. 아마 반 년 넘게 계속 그랬던 것 같다. 그런데 참
재미가 없었다. 사진을 찍으려면 괜히 짜증부터 났다. 이 무거운 걸
들고 또 힘 빼야 한다는 생각이 즐거움을 앗아갔다. 그런 마음이면
아무리 좋은 것들이 갖춰져 있다 해도 결코 좋은 작품이 나올 수가
없다.

작품을 관람하는 사람 역시 예술가가 어디서부터 어떤 영감을 받아,
역사의 어떤 부분을 응용해 예술을 만들게 되었는지 일일이 설명을
듣고 싶어 하진 않는다. (적어도 나는 그렇다. 나는 예술이란 눈에
보이는 1차적인 것이 먼저라고 믿는 사람 중 하나이다.)
결국 내가 얻은 가장 명쾌한 해답은, 사진은 언제나 가장 가볍고
즐거운 '놀이'여야 한다는 것이다.

#.68

가만히

들여다보면

몇 년 전, 내가 한창 삶의 전부는 꿈과 목표를 이루는 것이
전부라고 믿었던 때였다. 내가 아는 세 살이나 어린 어떤
동생이 잘 다니던 학교를 그만두고 갑자기 결혼을 한다고
했다. 깜짝 놀라 "아니, 대체 왜?" 의아한 얼굴로 물었더니, 사랑하는
남자가 생겼다고 했다. 그 남자를 너무나 사랑해서, 하루라도 빨리
삶의 모든 것을 함께하고 싶다고 했다.
사실 나는 그때 잘 이해가 되지 않았다. 고작 스물한 살에 만난
남자를 어떻게 인생의 동반자라고 믿고 모든 걸 포기한 채 결혼을
하겠다는 것인지, 정말이지 나는 이해하기가 힘들었다. 게다가 남자는
그 어린 동생보다 열 살보다도 더 많은 30대 중반을 바라보고 있는
사람이었다.
나는 혀를 끌끌 차며 "아무리 생각해도 네가 너무 아까워…… 네
인생을 생각해 봐. 앞으로 네가 더 사랑하고 싶은 사람이 나타날 줄
누가 알아! 난 반대야, 절대 반대!"
하지만 나를 포함한 주위 사람의 만류에도 그 어린 동생은 기어코
결혼식을 올렸고, 그해에 아기엄마까지 되었다.

그렇게 몇 년이 흘렀다. 그녀는 어느덧 누가 보아도 어색하지 않게
유모차와 잘 어울리는, 남편 사랑을 듬뿍 받는 여자가 되어 있었다.
너의 선택에 후회하지 않느냐고, 네가 가보지 못한 너만의 삶이
아깝지 않느냐고 묻고 싶었지만, 나는 그냥 마음속에 묻어두기로 했다.

만약 내가 그 동생과 같은 상황이었다 해도, 나라는 사람은 결코 그런
선택을 하지 못했겠지만, 그 무엇에도 두려움 없이 '사랑' 하나만 믿고
그 빛에 이끌려 자신의 삶을 선택한 그녀, 내가 절대로 내지 못할
용기를 낸 그 아이가 부러웠다. 그래서 이제는 늘 응원하고 축복하고
싶은 마음이 들었다.

나는 『청춘을 찍는 뉴요커』를 집필하던 때 꿈이라는 것에 내 인생의
모든 것을 걸고 앞만 보고 달려갔었다. 하지만 지금은 목표와 꿈이
삶의 전부가 아니라는 생각을 할 만큼 나는 많이 변했다. 원하는 것을
이루고자 하는 욕심은 여전히 많은 편이긴 하지만……

사랑에 가장 큰 영향을 받고, 그 힘이 나를 움직이며, 그것이 나를
살게 하지만, 나는 때때로 사랑이라는 것이 슬픔, 기쁨, 행복이
지속되지 않는 순간의 감정이 아닐까 생각을 한다. 하지만 그럼에도
나는 영원하고, 단 하나뿐인 멋진 사랑을 꿈꾼다. 그렇다. 나는 꽤
모순적인 사람이다.

주위만 둘러보아도, 같은 사람은 단 한 명도 존재하지 않는다. 스물한
살에 사랑을 쫓아갔던 그녀는 둘째 아기를 임신해 남편이 사다 주는
딸기를 먹으며 행복을 누리고 있다. 언제나 새로운 꿈과 목표가
먼저라고 믿었던 나는, 여전히 진정한 사랑의 의미를 찾아 헤맨다.
우리는 모두 다르게 태어났고, 모두의 삶은 특별하다. 각자가 가진
삶의 지표가 옳고 그른 것 없이 전부, 모두 축복받아야 마땅하다.
우리 모두가, 저마다 아름답게 반짝이는 하나의 별들이다.

#.69

어떻게 그래,

몰랐던 것도 아니면서

누구나 있는 그대로의 나를 사랑해주길 바라는 마음이
있지 않을까? 아무것도 가진 것이 없어도, 내 이름 앞에
어떤 수식어나 설명이 없어도 그저 나라는 사람을 진정으로
사랑해주었으면 하는 바람. 그 누구라도 단 한 번쯤은 그런 바람을
꿈꾸지 않았을까 생각한다.

그런 의미에 있어서 철이 없었던 나는, 언제나 누군가가 내게 주는
사랑을 시험하기를 즐겼다. 끊임없이 나를 아끼고 사랑해주는 마음을
'내가 그럴 수밖에 없는 사람이기 때문일 것'이라며 상대방의 마음을
쉽게 믿지 않았고, 나 자신이라는 존재에 늘 자만해하면서, 이유도
없이 상대의 감정을 시험했다.

"너는 나를 왜 좋아해? 내가 할 일도 잘하고, 이렇게 어린 나이에도 꽤

성공한 사람이니까?"

"아니. 나는 그런 것 말고, 그냥 너라서 좋아. 그냥 너는 너니까."

내 입으로 내뱉기도 참으로 민망한 질문들을 상대에게 쏘아붙이듯
묻곤 했다.

3년 내내 아무런 대답도 해주지 않는 나를 늘 같은 자리에서 좋아해
주었던 그는 내게 뜬금없이 말했다.

"너랑 같이 길을 걸으니까 길을 걷는 사람들이 너만 쳐다 봐. 네가
정말 예쁜가 봐."

그 순간에는 그 말이 참 어이없었다. 나에게 잘 보이려고 별의 별 말을
다하는구나 생각했었다. 시간이 꽤 흐른 지금, 가끔 길을
걸을 때 그 아이가 생각난다.

세상 그 누구보다 순수한 눈으로 내가 세상에서 가장 예쁜
사람이라고 말해 주었던 그 사람. 잠이 오질 않아 멍하니 천장을
보다가 '나 잠이 안 오고 심심해.'라고 문자를 보내면 자다가도
벌떡 일어나 10초 만에 '너는 걱정이 너무 많아서 문제야. 미래에
대해서 걱정하지 마. 이미 너는 이미 모든 걸 잘하고 있어.'라고
답장을 보내주던 사람이었다. 그 진실하고 순수했던 마음을 나는
믿지 못했다. 그래서 잔인하게도 끊임없이 그의 마음을 시험하고
의심했었다.

사랑이라는 것은, 내가 원하는 시간에 그리고 내가 계획했던 대로 오지 않더라. 기대하지 않았던 때에 갑자기 다가오기도 하고, 아무 준비도 되어 있지 않을 때 사랑이 아닌 다른 이름으로 내 삶에 불쑥 찾아오기도 했었다. 정말이지, 어린 날의 내 사랑들은 모두 그랬다. 그래서 가끔씩 비가 오면 나는 집에 돌아오는 길에 혼잣말을 내뱉곤 한다.

"어떻게 그래. 내가 이렇게 생겨먹은 사람이라는 걸 처음부터 몰랐던 것도 아니면서……."

#.70

아주

막연하게

생각하면

마음속으로 무언가를 막연하게 상상해볼 때가 있다. 나는 자주 많은 것들을 떠올리고 꿈꾼다. 그러면 정말 가끔씩 신기하게도, 마치 그 대상이 내 생각을 알아차리기라도 한 듯, 내 삶에 불쑥 나타나거나 현실이 될 때가 있다.

스무 살, 스물한 살, 한창 많은 것을 꿈꾸었던 나이에 남들이 보기에는 참으로 터무니없고 과한 꿈들을 나는 꾸었다. 단 한 번도 내가 바라는 꿈들이 불가능하다거나, 이루어질 수 없다고 생각해본 적은 없다. 그저 열심히 그것을 향해 달려간다면, 반드시 이루어질 것이라고 굳게 믿었다. 그 믿음은 지금도 여전하다.

그냥 다 포기할까? 사는 게 왜 이렇게 힘들까 싶어 혼자 집으로 돌아오는 길에 운 적도 많았고, 내 기대만큼 해내지 못해 낙심했던 때도 많았다. 내가 생각하는 나는 이게 아닌데, 분명 내 머릿속에 그려본 모습은 이게 아닌데, 현실의 나는 너무나 작아서 때때로 주저앉아 모든 것을 내려놓아 버리고 싶을 때도 많았다. 하지만 정말이지 신기하게도 그럴 때마다 내가 마지막으로 잡고 있는 가느다란 지푸라기 같은 내 마음, 그리고 내 꿈을 일으켜 세울 무언가가 내 앞에 나타났었다.

이제와 곰곰이 생각해 보니 내가 깨닫게 된 삶의 비밀 하나는, 결국 삶은 자신이 늘 무의식 속에 꿈꾸고 바라고 원하는 대로 흘러가게 된다는 것이다. 내가 20대에 항상 힘들고 삶이 버거웠던 이유는, 내 나이에 이루기 어려운 꿈이나 목표들을 그 당시에 이루길 소망하고, 그것들을 이루는 것만이 가장 중요하다고 여겼기 때문이었던 것 같다. 나는 여전히 27년을 살면서 깨닫게 된 것보다는 앞으로 일깨울 것들이 훨씬 많은 청춘이고, 그 기분을 모두 극복했다고는 말하지 못한다. 사랑이 뭔지, 결혼이 뭔지, 꿈, 목표, 명예, 돈, 이 수많은 것들의 의미를 나는 아직 단정 지어 이야기할 것이 많지 않다.

심각한 길치인 내가 혼자 기차를 타고 스튜디오 인터뷰를 보러 갔던 기억, 첫 전시를 하기 위해 뉴욕 길 위에서 혼자 전시용 프린트 박스를 들고 가다가 너무 힘이 들어서 주저앉아 엉엉 울었던 기억, 혁수의 첫 영화 〈이파네마 소년〉의 사진을 찍기 위해 3달 동안 시골 바닷가에서 한여름에 흑인처럼 까맣게 피부가 탄 채로 바닷가에서 보냈던 기억들……. 그 모든 추억이 쌓이고 쌓여, 지금의 내가 사진가로서 살면서 힘든 일이 있더라도 때론 그런 날도 있는 거라며 웃어넘길 수 있을 만큼 마음에 여유가 생겼다.

《타임지》 포토 에디터와 미팅을 가기 위해 토마스와 갤러리에서 하루 종일 사진을 고르고, 무거운 사진 박스를 들고 갤러리를 나섰을 때, 그가 내게 해주었던 말이 가끔 생각난다. 그 말이 내게 얼마나 큰 힘이 되어주었는지 모른다. 나 자신에게 그 말을 매일 외쳐본다.

"Soorin, go out and be famous!"라고.

Epilogue

『청춘을 찍는 뉴요커』를 처음 펴냈을 때, 나는 고작 스물한 살이었다. 그 나이에는 나 자신에 대한 확신과 꿈과 미래에 대한 계획들이 절대 변하지도 않고, 믿고 계획한 그대로 계속될 거라고 확신했었다. 사실 그때의 내 계획대로 따라갔다면, 지금 나는 이 책을 준비하지 않았어야 했다. 그때는 쉰 살쯤을 넘겨 엄청난 위인이 된다면, 책을 다시 쓰게 될 것이라고 생각했으니까. 하지만 스물일곱 살이 된 지금의 나는 고분고투하며 써 내려간 두 번째 책의 사진과 원고를 정리하면서, 다시 지나간 시간을 반추해보고 있다.

솔직하게 고백하자면 첫 책에서는 '꿈'이라는 단어밖에는 삶의 그 무엇에도 관심이 없었다. 지금의 나는…… 많이 달라졌다. 어마어마한 성공보다는 사소하고 작은 일상의 행복에 무게를 두기 시작했고, 내가 원하는 목표와 꿈을 이룬다고 꼭 삶이 행복해지는 것이 아니라는 것도 알게 되었다. 하지만 여전히 나는 어떠한 목표를 향해 오늘도 바쁘게 뛰어가면서 가슴속으로 '이번 일만 잘 되면 바라는 거 없이 살 수 있을 것 같아. 이번 한 번이면 나는 만족해.'라고 생각하고 있다.

간절했던 꿈과 목표가 막상 현실이 되면, 언제 그랬느냐는 듯 그냥 그저 그런 평범한 것이 되어버린다. 그 사실이 싫고 나쁘다는 것이 아니라, 어쩌면 그것은 당연한 것이 아닐까 생각한다. 아무리 갖고 싶은 것을 손에 넣어도, 시간이 흐르면 그것도 언젠가 헌 것이 되어버리고 마니까. 그것을 알면서도 나는 매번, 단 한 번도 빠짐없이 똑같이, 매번 가슴을 졸이며 '사진'이란 것을 대하고, 심장을 붙잡고 기도하며, 또 다른 꿈을 이루기 위해 두근대며 잠을 이룬다. 그냥 그렇게 사는 것이 나는 행복하다.

삶에는 오르막길과 내리막길이 있고, 단 하루만 뚝 떼어 살펴보아도, 그 시간 안에 희로애락이 존재한다. 스물한 살에 나의 자전적 이야기를 책으로 펴냈던 두려울 것 없던 젊은이는, 이번에도 고작 스물일곱 해를 살아낸 해에 두 번째 책을 내게 되었다.

누군가는 내 글을 보고 비웃을 수도, 비난할지도 모른다. 나 또한 시간이 흐른 후에 겨우 스물일곱을 살아내고 인생을 논했다고 뒤늦은 후회를 할지도 모른다. 하지만 모든 것들을 떠나 아주 단순하게 단 하나, 내가 늘 바라고 꿈꾸는 것이 있다. 내 책으로 인해 단 한 사람이라도 꿈을 잃지 않고 희망을 꿈꾸며 살아가게 된다면, 그것만으로도 행복할 것 같다고.

20대 때는 그 누구도 이해하지 못할 만큼 때론 아프고, 시리고, 방황하고, 사랑도, 일도 서투를 수밖에 없을 거라고 말하고 싶었다. 나 또한 그런 길을 걷고 있다. 그래서 실패와 아픔을 대면할 때 나 자신을 토닥이며 더 멋지고 행복한 미래를 그려나갈 것을 결심해본다.

내가 하루에도 수십 번씩 되새기는 성경구절이 있다.

"아직 잠시 동안 빛이 너희 중에 있으니 빛이 있을 동안에 다녀 어둠에 붙잡히지 않게 하라 어둠에 다니는 자가 그 가는 곳을 알지 못하느니라
(요한복음 12장 35절)."

지금 이 순간, 빛이 나와 함께 있다. 이 책을 읽고 있는 당신과 함께 있다.

눈이 부시도록 반짝이는 빛이 나와 내 책을 읽어 내려가는 꿈을 가진 수많은
사람들을 비추고 있다.

그래서 나는 계속해서 가던 길을 걸어가기로 한다.
또 다시 한번 용기를 내어 삶을 살아보기로 한다.

늘 눈에 보이지 않는 빛이 나를 비추고 있다고 굳게 믿으며.

Soorin's Little Tips for

wannabe
Photographers

하나 | 무조건 많이 찍어보기

어떤 면에 있어서 사진을 찍는다는 것은 '기술'과 매우
가깝다고 할 수 있다. 많이 찍어보고 경험해 볼수록 카메라와
친해지고 익숙해진다. 그러면 원하는 사진을 찍기도 좀
더 쉬워질 것이다. 요즘은 많은 사람들이 카메라와 친해져
일상생활에서도 누구나 사진을 찍는다. 핸드폰 카메라로 사진을 찍는 대신, 조금 무겁지만
카메라를 갖고 다니면서 일상을 담아보는 것은 어떨까? 매일 카메라와 함께 시간을 보내다 보면,
자신도 모르는 사이에 카메라와 가장 친한 친구가 되어 아주 멋진 작품들을 만나볼 수 있다.

둘 | 한 걸음 더 가까이 다가가기 040p

한 걸음 더 가까이 다가가면 한 발자국 뒤에 서 있을 때는
보이지 않던 것들이 보이기 시작한다. 초점이 나가도
상관없다. 카메라 안에 담고 싶은 사물이나 사람을 어떻게
바라보느냐 그것이 중요하다. 사소하게 지나치는 수많은
것들에 한 걸음만 더 가까이 다가가 보고 그리고 유심히 바라보자. 그것이 아름다운 예술로
탄생할 수 있을지도 모른다.

셋 | 흑백과 컬러 사진 선택하기 058p

흑백으로 찍을 것인가, 컬러로 찍을 것인가. 요즘은
디지털카메라나 스마트폰 앱으로 간단하게 사진색을
바꿀 수는 있지만, 흑백 필름 고유의 매력과 컬러 필름만
나타낼 수 있는 느낌을 살릴 수 있는 것은 필름밖에 없다.
나는 상황마다 흑백 또는 컬러 중 느낌을 더 잘 살릴 수 있는
색이 있다고 생각하는데, 이 사진 역시 뉴욕의 아파트에서
문 안쪽과 바깥쪽의 색이 확연하게 다르게 나타나 문을
열면 다른 세상으로 통하는 듯한 느낌을 받아, 모델을 불러
그 빛을 나타나는 시간에 맞춰 찍은 사진이다. 이 사진을
흑백으로 찍었다면 분명 내가 원하는 느낌을 모두 나타내지
못했을 것이다.
상황에 따라 어떤 색으로 사진을 나타낼 것인지를 잘 맞춰

고르는 것 역시 좋은 작품을 만드는 하나의 팁이다. 이 사진은 15년 된 나의 첫 카메라 캐논 EOS5에 portra 400 필름을 쓴 작품이다.

넷 | 빛의 중요성 인식하기 *065p*

이 사진은 멕시코에 여행 갔을 때 호텔방에서 찍은 사진이다. 카메라는 모양이 예뻐서 샀던 'Chinon monami'라는 35미리의 작은 자동카메라인데, 간편하게 들고 다니면서 찍기에는 좋다. 좋은 사진을 위해서는 빛이 절대적으로 중요하다.

다섯 | 역광 이용하기

사진을 찍을 때, 대부분 많은 사람들이 역광을 피하려고만 한다. 하지만 역광을 잘 이용하면 그 무엇보다 사진에 좋은 재료가 된다. 역광이 아름답게 생기는 시간을 노려라!

여섯 | 미리 그려보기 *026p*

촬영에 들어가기 전에 머릿속으로 사진에 찍힐 이미지를 미리 그려보는 것은 매우 중요하다. 나는 전날 밤, 노트에 동선이나 조명의 위치 같은 것들을 미리 스케치해보고, 미리 일어날 상황들에 대해 혼자 고민하고 상상해본다. 그런 식으로 촬영 전에 내가 생각하고 있는 것들을 정리해보는 일은 촬영에 커다란 도움이 된다. 막연하게 느껴지는 작은 아이디어를 단어나 이미지로 추상적으로라도 시각화시키면 머릿속에 정리되지 않았던 아이디어들이 확연한 이미지가 되곤 한다.

일곱 | 타이밍 이용하기 *072p*

해가 지는 시간은 사진을 찍기에 아주 좋은 타이밍이다.
해를 이용해 다양한 연출이 가능하기 때문이다.
물론 해가 밝게 떠 있는 시간보다는 노출과 셔터스피드에
더 신경 써야 한다.

여덟 | 흔들려야 좋은 사진 이용하기 *98p*

대부분 사진을 찍을 때, 많은 사람들이 흔들림이나
지나치게 구도에 신경을 쓰느라 보석 같은 순간들을
놓쳐버릴 때가 많다. 흔들려야만 더 아름답게 표현되는
순간들이 존재한다. 완벽한 구도가 아니라, 조금은
빛나가야 더 마음을 두드리는 작품이 되는 그런 순간들이 있다.

아홉 | 배경과 조화될 때 셔터 누르기 *264-265p*

사진을 찍는 순간만큼은 뷰파인더 속의 장면을 애정 어린
눈으로 바라보고 관찰해야 한다. 미세할지라도 뷰파인더
속의 피사체는 계속해서 움직이고 있기 때문이다. 이
작품은 여러 번 전시했던 작품인데, 이 사진에서 물살의
빛나는 부분은 피사체를 둥글게 감싸고 있다.
옆의 손 역시 내가 의도한 것이다. 손이 없었다면 이 작품은 아주 심심한 작품이 되었을 것이다.
피사체의 손짓, 표정, 몸짓의 미세한 변화들이 피사체를 감싸고 있는 배경과 가장 아름답게
조화되는 순간이 있다. 그 순간에 셔터를 누르면 된다. 중요한 점은 끊임없이 눈을 떼지 않고
날카롭지만 사랑스런 눈으로 바라봐야 한다는 것이다.

열 | 적합한 렌즈 고르기 *176-177p*

사실 나는 카메라 종류나 렌즈에 큰 의미를 두지 않는
편이기는 하다. 하지만 인물사진에 보다 많이 사용하는
렌즈는 대부분 표준렌즈보다 조금 더 초점이 긴 렌즈를
사용한다. 중형카메라에서 150미리와 180미리 렌즈는
인물렌즈라고 알려져 있다. 물론 장초점 렌즈인 35미리로 찍기도 한다.

열하나 | 소품과 배경 신경쓰기 *018-019p*

사진을 찍을 때, 피사체만큼 중요한 것이 다양한 배경이나
소품이다. 사진 속의 인물과 배경이 자연스럽게 어울려야만
좋은 작품이라고 이야기할 수 있다. 이 사진은 보기에는
별다른 소품이 없는 것처럼 보이지만, 꽤 많은 장비들이
들어간 사진이다. 배경의 몽환적인 효과를 위해 연기를 만들어내는 스모크 머신과, 잘 보이지는
않지만 비누방울을 만들어내는 기계로 위에 비누방울 효과도 주었다. 이런 다양한 소품들은
사진을 만들어내는 양념 같은 것들이라고 볼 수 있다. 다양한 효과를 위해서 소품과 배경의
다양성을 잊지 말아야 한다.

열둘 | 동적인 사진 찍기 *291p*

나는 동적인 사진들을 즐겨 찍는다. 사진 속의 피사체들이 다양하게
움직이고 있을 때 그 움직임을 잘 포착하면, 사진은 여러 가지 재미난
이야기들을 만들어내곤 한다. 보다 동적인 사진을 찍기 위해서는 빛이
좋은 날, 셔터스피드를 1/120 이상으로 설정해 놓고 사진을 찍어보라고
하고 싶다. 빛이 어두우면 촬영을 하기가 더 어렵다. 바람이 부는 날도
동적인 사진을 찍기 좋은 날이다.

열셋 | 모델 편하게 만들어주기

사진을 찍을 때 카메라 앞에 선 모델을 편하게 만드는
것은 그 누구의 몫도 아닌 온전히 사진가의 몫이다. 사진을
찍을 때 카메라에 선 모델이 자신과 가까운 사이면 모를까,
아무리 프로페셔널한 모델이라도 처음 만난 사진가
앞에서는 어색할 수밖에 없다. 나는 사진을 찍을 때, 항상 모델을 진심으로 대하려고 노력한다.
마음가짐 자체를, '당신이 알지 못하는 가장 아름다운 모습을 내가 발견해 줄게요.'라는 예쁜
마음으로 말이다. 남자든, 여자든, 그 사람을 편안한 분위기에서 카메라를 잡은 내가 아닌, 그저
카메라 뒤의 나로 인식될 수 있게 만드는 것이 중요하다. 자연스러운 대화를 이끌어나가며
긴장을 풀어주고, 유머러스함으로 모델이 어색하지 않게 만들어주는 것 역시 중요하다. 나는
촬영할 때 이래라 저래라 요구를 많이 하지 않는 편인데, 자연스럽게 모델이 '사진작가'가 아닌
'카메라' 그 자체로 느끼는 순간, 모델은 카메라와 어색하지 않게 하나가 된다.

열넷 | 장시간 노출 이용하기 *126p*

이 사진은 카메라의 장시간 노출을 이용한 인물사진이다.
개인적으로 나는 장시간 노출을 이용해서 인물 촬영하기를
좋아하는데, 장시간 노출을 하기 위해서 꼭 삼각대가
필요한 것은 아니다. 나는 삼각대를 이용하면 제한을 많이
받기 때문에 삼각대를 그다지 좋아하지 않는다. 장시간 긴 노출을 이용해 인물사진을 찍을 때,
카메라 앞에 설 피사체에게 장시간 노출에 대해서 정확하게 설명을 하고 이해시킨 후 촬영에
들어가는 것이 매우 중요하다. 장시간 노출을 할 경우 카메라는 움직임을 그대로 담아버리기
때문에 피사체가 일정 시간 동안은 움직이지 않고 있어야 한다.

열다섯 | 위대한 예술가의 작품으로부터 영감 얻기

세상에는 이미 만들어져 있는 멋진 작품들이 셀 수도 없이 많다. 나는
개인적으로 페인팅을 좋아해서 화가들의 작품을 자주 보러 다니는데, 이
작품은 클림트의 〈Hope II〉라는 작품을 재해석한 나의 사진이다. 이미
만들어져 있는 작품들에서 영감을 얻어 나만의 색으로 재창조해 보면 그
과정에서는 몰랐던 자신의 색을 발견할 수 있을 것이다.

열여섯 | 과감해지기

인물을 카메라에 담을 때 피사체의 전부가 뷰파인더에 들어올
필요는 없다. 이 사진은 중형 포맷으로 찍은 사진으로, 과감하게
얼굴의 위쪽을 제외하고 사진에 담았다. 중형 포맷의 경우,
피사체나 배경이 좀 더 쉽게 꽉 차버리는 느낌이 들기 때문에
답답하게 느껴지는 사진을 찍지 않으려면 좀 더 과감하게 여유를
부려도 괜찮다.

열일곱. 비싼 카메라에 연연하지 말기 *054p*

나는 사진을 잘 찍고 싶어 하는 사람들에게 너무 비싼
카메라나 렌즈에 연연하지 않았으면 좋겠다는 말을 하고
싶다. 좋은 사진은 사진을 찍는 사람과 좋은 장소, 또
좋은 피사체와 촬영할 때의 분위기가 만들어내는 것이지

카메라가 좋은 사진을 만들어내는 거라고 생각하지 않는다. 이 사진은 슈퍼에서 파는 일회용 카메라로 찍은 사진이다. 비싸지 않은 카메라로도 충분히 좋은 사진들을 찍을 수 있으니 비싼 장비를 살 돈이 없어서 좋은 사진을 찍을 수 없다는 생각은 하지 않았으면 좋겠다. 싸구려 카메라로 멋진 사진을 찍는다는 것! 오히려 더 즐거운 도전이 될지 모른다.

열여덟 | 삼각대 준비하기 211p

멋진 야경 사진을 찍기 위해서는 삼각대를 준비하는 것이 좋다. 꼭 비싼 삼각대가 아니더라도, 카메라가 흔들리지 않고 사진을 담을 수 있는 삼각대면 충분하다. 삼각대 없이 야경사진을 찍으면 사진의 대부분이 흔들려 나오기 쉽다. 그리고 조리개 (F) 9~13 사이에서 가장 선명한 사진들을 만들어낼 수 있다. 그 이상으로는 오히려 사진의 화질이 저하된다.

열아홉 | 다양한 각도에서 찍어보기 170p

같은 장면이라 해도, 어떤 각도에서 사진을 찍느냐에 따라 전혀 다른 사진이 만들어진다. 이 사진 속의 모델은 나보다 키가 훨씬 컸기 때문에 의자에 올라가서 사진을 찍었다. 사물이든 상황이든 사람이든, 자세히 들여다보면 저마다 가장 아름답게 찍히는 각도가 존재한다. 그걸 발견하라고 이야기해주고 싶다.

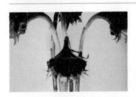

스물 | 필름 현상할 때 효과주기 034p

꼭 아름다운 모델이나, 아름다운 장소, 사진에 알맞은 빛이 있어야만 좋은 사진이 만들어지는 것은 아니다. 이 사진은 러시아에서 전시했던 작품으로, 사물의 '의인화'에 대한 작품이었다. 35미리 작은 카메라로 찍은 사진으로, 시들어가는 해바라기를 찍었다. 조명은 작은 텅스텐을 썼고, 필름을 현상할 때 콘트라스트를 세게 나타나게 현상하였다.

스물하나 | 선명하고 정확하게 찍기 *142-143p*

좋은 사진이란 무엇일까? 사진을 찍은 사람의 의도가 잘
담겨있고, 사진을 통해 보는 이들에게 의도를 잘 전달하고,
감동을 주면 좋은 사진이 아닐까.

그런 의미에 있어 사진의 '선명함'은 아주 중요하다. 그래서
선명한 사진을 만들어 내기 위해서는 날씨와 빛이 매우 중요한 요소로 작용한다. 빛이 부족하게
되면 셔터스피드가 떨어지게 되고, 셔터스피드가 떨어지면 모션 블러가 발생하게 된다.
그렇기 때문에 빛이 부족한 곳에서 선명한 사진을 찍기란 매우 어렵다. 빛이 어두운 곳에서는
셔터스피드를 확보해야 선명한 사진을 찍기가 쉬워진다. 조리개를 더 개방시키거나, ISO를
올리는 방법으로 셔터스피드를 확보할 수 있다.

스물둘. 찰나를 포착하기 *255p*

사실 스튜디오 사진이나, 설정된 사진들을 제외하고
야외에서 찍은 대부분의 사진들은 모두 그 찰나에만 찍을
수 있는 사진이 된다. 시간과 장소가 특히 중요한데, 해가
지는 시간, 해가 떠오르는 시간, 그림자가 어떻게 지는
시간대인지에 따라 카메라에 담기는 사진들은 각각 다른 매력을 갖게 된다.

사진을 찍기 전에 어떠한 장소, 어떤 시간대인지, 카메라 앞에 담길 사람과의 관계 같은 것들에
대해 한 번쯤 생각해보고 사진에 담겨질 그 순간에 대해 다시 한번 떠올려 보는 것은 어떨까? 그
찰나에만 찍을 수 있는 사진이 있다. 아마도, 매일 일상 같은 그 순간조차도 더욱 카메라로 담고
싶어질 것이다.

스물셋. 사진에 너무 집착하기 말기 *293p*

여행을 떠나 낯선 곳에서 사진을 찍는 것은 자신에게 모든 것이
새로운 것을 카메라에 담는 일이므로 익숙한 곳에서 사진을 찍는
것보다 흥미롭고 찍을 것도 많을 수밖에 없다.

하지만 여행을 다닐 때, 너무 무거운 카메라와 렌즈보다는 찍기 편한
작은 카메라를 추천하고 싶다. 여행을 다니면서 사진 찍는 일에 너무
심취하다 보면 정작 눈과 마음으로 하는 진정한 여행을 놓쳐버리기
쉽기 때문이다.

스물넷. 미리 대비하기 *216p*

카메라를 잡고 실제로 촬영에 들어가면, 촬영은 마치 마술처럼 느껴진다. 사진을 찍는 사진작가와 카메라에 담길 피사체 간에 즉각적인 감정이 통할수록 더 멋진 사진이 나오기 마련이다. 사진을 찍는 사람과 찍히는 사람 사이에 불꽃같은 감정처럼 무언가가 오갈 수도 있고, 반대로 전혀 그렇지 못한 경우도 있다.

하지만 사진을 찍기 전에 사진가의 머릿속에는 어떠한 사진을 어떻게 그려낼 것인가 하는 분명하고 확고한 생각이 그려져 있어야 한다. 포즈, 소품, 어떤 프레임을 잡을 것인지도 명확하게 정해져 있어야 한다.

스물다섯. 언제든 사진 찍을 준비하기 *155p*

움직임이 빠르고 많은 어린 아이들을 찍을 때는 특히 언제든 셔터를 누를 수 있는 준비가 되어 있어야 한다. 왜냐하면 언제 어디서 좋은 사진이 만들어질 상황이 펼쳐질지 모르기 때문이다. 사진에 담고 싶은 순간이 눈앞에 펼쳐졌는데 카메라가 준비가 되어 있지 않다면 얼마나 아쉬울까? 아이들을 찍을 때는 평소보다 셔터스피드를 높여놓는 것이 좋다. 혹은 연속촬영 모드에 맞춰놓고 연속으로 사진을 찍는 방법도 좋은 방법이다.

Appendix 2

INTERVIEW
with Soorin Kim

청춘다움과 청춘에 대하여

Q. 청춘이 아직은 어설프고, 서툴고, 그래서 실패하고 상처받고 아플 수 있다는 것이 특권이라고들 합니다. 실패해도 다시 일어설 수 있기 때문이고, 그런 과정을 통해 한층 성숙할 수 있기 때문이죠.
김수린 씨도 그것이 무엇이었든지 실패해 보았거나, 좌절해 본 경험이 있는지, 극복 과정은 어땠는지 궁금합니다. 김수린 씨 인생에서 '실패'란 어떤 의미인가요?

A. 물론이에요. 제게 주어진 시간 동안 많은 실패들을 경험했고, 셀 수도 없을 만큼 좌절해보았어요. 저는 모든 사람의 삶에는 리듬이 있다고 생각해요. 제 인생 역시 그랬거든요. 삶 속의 리듬에는 오르막길과 내리막길이 존재하는데, 인생이라는 게 참 재미있는 이유가 내리막길이 있지 않으면 오르막길에 오를 수 없는 것 같아요. 반대로 오르막길만 오르면서 살 수도 없고요. 저는 그래서 실패한 일, 사랑, 사람 등 그 모든 것들을 좋은 경험으로 여기려고 노력해요.
제가 살고 싶은 삶의 방향이 많은 것들을 경험하고 싶은 만큼, 앞으로도 수없이 많은 실패를 경험하겠지만, 제가 가장 중요하게 생각하는 것은 제 삶과 저 자신에 대한 믿음의 끈이라고 믿어요. 끈을 놓치지 않는 이상, 실패는 언제나 삶의 작은 조각들 중 하나라고 생각해요.

Q. 우리는 일상에서의 소소한 예술을 지향하지요. 일상에서 '아름다울 수 있는 그 모든 것'이 예술이 될 수 있다고 생각하는데요. 김수린 씨는 일상에서 발견했던 예술 중에서 가장 인상 깊었던 것이 있다면, 무엇인가요?

A. 사실 거창한 예술보다는 소소하고 작고 아기자기한 것들, 비록 연출된 것들이라 해도 자연스럽게 삶에서 묻어나는 것들로부터 영향 받은 것들을 좋아하는 편이에요. 제 작품들을 보아도 제가 가진 색깔이 보인다고 생각해요. 제 사진은 모두 연출된 사진이지만, 일상의 일부분인 것처럼 보이게끔 찍으려고 노력을 많이 해요.
제 사진들은 주어진 단 한 번뿐인 삶을 두고 상반되는 삶을 추적하고 싶은 호기심에 관한 것들이죠. 저는 예술이란 예술가의 인생, 그 사람의 이야기라고 생각해요. 일상 속에서 발견했던 예술 중에서 인상 깊었던 것을 꼽자면, 트레이시 에민Tracey

Emin의 〈my bed〉라는 작품을 굉장히 좋아해요. 이것이야말로 일상의 하나를 커다란 스케일로 멋지게 표현해낸 작품이라고 생각하거든요. 아, 레이첼 화이트리드Rachel Whiteread의 작품들도 그런 맥락의 예술 중 하나인 것 같아요. 제가 굉장히 좋아하는 작가이기도 하고요.

Q. 누구보다도 일에 관해서는 확고한 철학을 가지고 계실 것 같아요. 김수린 씨의 삶에서 '일career'이란 어떤 의미를 가지고 있나요? 요즘 일에 관해 고민하고 계신 것이 있다면 무엇인지 말씀해 주시겠어요? 앞으로 개인전을 또 여실 계획이 있다든지 추후 계획에 대해 말씀해 주세요.

A. 일은 저에게 여러 가지 의미를 가질 수 있겠지만, 안식처, 희망, 삶의 원동력 같은 단어들과 자주 매치가 돼요. 삶을 살아가면서 느끼는 것들 중에 다른 사람과 연결되어 있는 것들로부터 상처를 받으면 그건 내 힘으로 해결할 수 없는 경우가 대부분이지만, 일이란 것은 어떻게 보면 온전히 자신에 의해, 내 의지로 충분히 그 방향을 움직일 수 있는 영역이라고 생각해요. 물론 일을 하면서도 힘든 부분은 당연히 너무나 많죠. 하지만 지금까지 그만큼 기쁨과 보람도 많이 맛보았어요. 앞으로의 전시 계획은 서프라이즈로 알려드릴게요. 하하. 그리고 장기적으로 계획하고 추진하고 있는 일들이 몇 가지 있는데, 여러 경험을 하면서 좋은 사진을 찍고, 좋은 사람들을 만나고, 행복하게 사는 것이 제 궁극적인 목표라고 할 수 있겠네요.

Q. 김수린 씨를 보면 지치지 않는 원동력이 안에 숨어 있는 것 같아요. 호기심도 많고, 욕심도 많고, 그것을 실행시키는 힘과 용기도 많이 보이거든요. 비결이 무엇인가요? 수린 씨도 지친다는 생각을 해본 적이 있나요?

A. 맞아요. 저는 호기심도 많고, 제 삶에 대한 욕심도 많죠. 저는 뭔가 하고 싶다는 생각이 들면 그 일을 실패하든 성공하든 우선 시도해보기 전까지는 머릿속에서 계속 그 생각을 해요. 그래서 '이걸 꼭 해야겠다. 이걸 성공시켜야겠다.' 그런 것이 아니라, '이걸 하면 어떻게 될까?'라는 호기심 때문에 무언가를 하지 않고서는 못 견디는

성격이라고 할까요? 그냥 좀 즉흥적인 부분도 제 안에 존재하는 것 같기도 하고요.
저도 물론 지친다는 생각을 안 하진 않죠. 어떤 일을 저질러놓고도 어찌할지를
몰라 혼자 울었던 적도 엄청 많았어요. 하지만 결국엔 세상 모든 것이 그렇듯, 끝이
있더라고요. 원동력이나 비결은 글쎄요. 간단한 것 같아요. 제게 주어진 한 번의 삶을
멋지게 살아내고 싶은 욕심, 그리고 저로 인해 세상에 많은 사람들이 꿈을 꾸게 만드는
것, 저의 삶과 작품을 드러내는 만큼 많은 이들이 꿈을 꿀 수 있고 용기를 얻을 수
있다면 저는 기꺼이, 그런 삶을 살고 싶어요.

Q. 여자 김수린에 대해서도 궁금합니다. 김수린 씨에게 '사랑'은 무엇인가요? 일단
일에 대한 사랑은 잠시 접어두고, '연애'에 대한 이야기를 듣고 싶습니다. 사랑에 영향을
많이 받으시는 편인지, 외로움을 많이 타시는 편인지, 요즘은 어떤 사랑을 하고 계신지
궁금합니다.

A. 사실 저는 아직도 사랑이 뭔지 잘 모르겠어요. 솔직하게 말하면 저는 저의 삶과
자신을 너무나 사랑하는 사람으로 살아와서 타인과의 사랑에 대해 커다란 의미를
생각해보기 시작한 지가 얼마 안 된 것 같아요. 꿈이나 삶을 이야기하는 건 생각처럼
어렵지 않은데, 사랑은 잘 모르겠네요. 어쨌든 저는 예술을 하는 사람이고, 감성적인
부분이 있는 사람이라 그런 부분에서 당연히 외로움을 쉽게 느껴요. 하지만 저는
누군가와 사랑을 하고 있든 하고 있지 않든 간에 외로움은 그림자 같은 것이라
생각하기 때문에 제가 느끼는 외로움을 버겁다고 느껴본 적은 없었어요. 오히려
사랑을 하면서도 외로운 어떠한 부분을 남겨놓는 타입이지요. 쉽게 예를 들자면,
저는 사랑에 빠져도 상대와 제 삶의 모든 순간, 모든 것들을 공유하고 나눌 수 있다고
생각하지는 않아요. 왜냐면 저 역시도 타인의 삶을 모두 공유하거나 소유할 수 있다고
생각하지 않으니까요. 하지만 또 한편으로는 매우 아이러니 한 것이 저는 무엇도
소유할 수 없다고 생각하지만, 사랑 없이는 살 수 없다고 생각해요. 제 작품들 대부분의
가장 큰 울타리는 사랑에서 시작되지요. 저도 남자 때문에 울어본 적이 있고, 짝사랑도
해본 적 있어요. 요즘은 어떤 사랑을 하고 있는지 저도 잘 모르겠네요. 이 부분에
대해서는 정확한 대답을 할 수 있을 때까지 좀 더 생각을 해봐야겠어요.

Q. 김수린 씨를 동경하는 친구들이 많이 있습니다. 늘 '꿈을 잃지 말라'는 이야기도
많이 전해주시고, 청춘들에게 메시지를 던지려고 늘 노력하시는 것 같아요. 또 다른
인터뷰에서 '누군가의 삶에 희망을 던져줄 수 있는 영향력 있는 사람이 되는 것'이
꿈이라고도 하셨는데요. 이렇게 청춘들에게 희망의 메시지를 주고 싶다는 마음을
가지게 된 계기가 궁금합니다. 그리고 앞으로 또 어떤 이야기들을 전하고 싶은지도요.

A. 그런 계기의 시작을 꺼내보자면, 두 가지가 있어요. 아주 어렸을 적인데도
기억 속에 너무나 생생하게 남아 있죠. 어렸을 때 사촌 집에 놀러 가서 자주 책을
읽었는데, 책장에 『나는 희망의 증거이고 싶다』라는 제목의 책을 보았어요. 무슨
책일까 궁금해서 침대에 누워 혼자 읽어 내려가기 시작했는데, 솔직히 너무 어렸을
때라 내용이 자세히 기억은 안 나지만, 제목부터 내용들이 모두 제 머릿속에 너무나
강렬하게 남아 '나도 이렇게 멋있는 사람이 되고 싶어.'라는 생각이 들었어요. 아직도
자주 그 책의 제목을 떠올리곤 해요. 두 번째로는 제가 어려서부터 카메라를 가지고
노는 것이 너무 재미있고 행복하다고 느꼈는데, 그 시절에 어느 TV 프로그램에서
사진작가 조세현 선생님의 성공스토리를 보았어요. 비디오에 녹화까지 해서 여러 번
질리도록 돌려봤죠. 그 방송을 보고 무언가 좋아하는 일을 하면서 멋진 삶을 살 수
있다는 희망을 갖게 되었어요. 조세현 선생님은 어른이 된 제게 여전히 좋은 조언을
해주시고, 늘 멋진 말을 해주시는 인생 선배이자, 존경하는 사진작가예요.
선생님께서 사진으로 좋은 일도 너무나 많이 하시는데, 저 역시 제가 가진 재능을
세상에 되돌려주고 많이 기부하면서 살고 싶어요. 제 삶의 경험들이 저와 비슷한, 혹은
다른 꿈을 꾸는 이들에게 아주 작게라도 희망이 되고 꿈이 될 수 있길 소망해요.

Q. 사진을 선택한 이유는 무엇인가요? 작품을 하면서 가장 힘든 점과 가장 즐거운
점도 궁금합니다.

A. 아주 어렸을 때부터 사진 찍는 것을 좋아했어요. 사실 어렸을 때는 사진을
직업으로 삼겠다 그런 생각은 못했던 것 같고, 그냥 카메라로 사진을 찍으면 어떤
사진이 나올지 모르는 그런 기대감에 필름이 현상되어 나오기를 기다리는 그 시간이

너무 행복했던 것 같아요. 사진을 택한 이유는 제 성향과 잘 맞기도 하고, 사진을 가장 잘할 수 있다고 생각했기 때문이에요. 그림을 그리는 것도 즐기지만 저는 화가가 되기엔 성격이 급한 편에 속하고, 영상 쪽에도 관심이 많지만 영상은 개인의 작품이라기보다는 여러 사람이 함께 힘을 합쳐야 완성해낼 수 있는 합작이라고 생각해요. 그런 의미에서 사진은 온전히 '나의 것'이라는 생각이 든다고 할까요? 뷰파인더로 보이는 순간들 중에서 제가 원하는 그 찰나를 마치 얼음 속에 얼리듯 하나의 무언가로 남긴다는 것이 마음에 들었어요.

Q. 비교적 어린 나이에 많은 것을 경험하고 이룬 것 같은데, 김수린 씨의 지나온 시간 동안의 20대를 추억한다면?

A. 한동안 꽤 깊은 슬럼프에 빠져 있었어요. 20대가 시작되자마자 제 인생은 롤러코스터를 탄 것 같았거든요. 제가 꿈꾸었던 모든 것들이 현실이 되었고, 너무 어린 나이에 저를 '롤모델'이라고 이야기하는 사람들이 생겨났어요. 하지만 정작 당시에는 그게 하나도 버겁지 않았어요. 오히려 제가 남들보다 열심히 살았기 때문에 저에게 찾아온 당연한 것들이라고 생각했거든요. 참 많이 어리고, 당찼죠. 첫 책 『청춘을 찍는 뉴요커』는 기대했던 것 이상으로 큰 성공을 거두었고, 개인전 'Save A Virgin'이 끝난 뒤, 20년이라는 제 삶을 전부 쏟아 부어서 더 이상 하고 싶은 이야기도, 할 이야기도 없어져 모든 것이 고갈된 것 같은 기분이 들었어요. 어린 나이에 저에게 온 성공들이 행복했고 만족스러웠지만, 그만큼 제 마음은 허무했고 외로움도 컸어요. 그래서 그때 많이 방황을 했지요. 하지만 그러면서 깨달은 것은, 모두의 삶에 오르막길과 내리막길이 있다는 것과, 내리막길을 내려가는 동안에도 다시 오르막길을 올라갈 채비를 멈추지 말아야 한다는 것이었어요. 그래서 지금은 예전처럼 몇 살에는 이러이러한 것을 하겠다 이런 목표는 세우지 않아요. 순간이 모여 삶을 만들어낸다는 것을 알았거든요. 저는 제가 살아온 20대에 조금의 후회도 없어요. 아직 20대 중반에 이런 말을 하는 게 말이 안 되기도 하지만, 저의 20대는 정말 반짝반짝 아름답고 뜨거웠던 것 같아요. 심보선의 〈청춘〉이라는 시에 이런 구절이 있어요. "그림자가 여러 갈래로 갈라지는 가로등과 가로등 사이에서 그 그림자들을 거느리고 일생을

보낼 수 있을 것 같았을 때." 이 시에서 이야기하는 것처럼, 청춘은 이런 게 아닐까요? 분명 이것보다는 편한 것이 있음을 아는데도, 불편함이나 다가올 아픔이나 상처 같은 것들을 모두 다 안고서도 그래 어디 한번 가보자 이런 거요. 저는 20대에 주어지는 10년이라는 시간 동안에 많은 것들을 경험하고, 또 많은 사람을 만나고, 많이 웃고 울고, 또 많이 사랑도 해보고 상처도 받아보고, 꿈꾸는 많은 것들을 도전하면서 그렇게 살고 싶어요. 그런 과정에서 얻어지는 아픔과 실패는 결국 고스란히 제 삶에 남아 저를 빛나게 해주는 것들이라고 믿어요.